O menino negro

CAMARA LAYE

O menino negro

Tradução
ROSA FREIRE D'AGUIAR

Copyright © 1953 by Plon
O selo Seguinte pertence à Editora Schwarcz S.A.

Grafia atualizada segundo o Acordo Ortográfico da Língua Portuguesa de 1990, que entrou em vigor no Brasil em 2009.

Título original
L'enfant noir

Capa
Alceu Chiesorin Nunes

Preparação
Adilson Miguel

Revisão
Ana Maria Barbosa
Luciana Baraldi

Dados Internacionais de Catalogação na Publicação (CIP)
(Câmara Brasileira do Livro, SP, Brasil)

Laye, Camara, 1928-1980.
    O menino negro / Camara Laye ; tradução de Rosa Freire d'Aguiar. — 1ª ed. — São Paulo : Seguinte, 2013.

    Título original: L'enfant noir.
    ISBN 978-85-65765-07-7

    1. Autores guineanos – Século 20 – Biografia 2. Camara, Laye, 1928-1980 3. Guiné – Vida social e costumes I. Título.

12-14708   CDD-916.652

Índice para catálogo sistemático:
    1. Escritores guineanos : Biografia : África : Descrição 916.652

4ª reimpressão

Todos os direitos desta edição reservados à
EDITORA SCHWARCZ S.A.
Rua Bandeira Paulista, 702, cj. 32
04532-002 — São Paulo — SP
Telefone: (11) 3707-3500
www.seguinte.com.br
contato@seguinte.com.br

/editoraseguinte
@editoraseguinte
Editora Seguinte
editoraseguinteoficial

À MINHA MÃE

Mulher negra, mulher africana, ó tu, minha mãe, penso em ti...

Ó, Dâman, ó, minha mãe, tu que me carregaste nas costas, tu que me amamentaste, tu que guiaste meus primeiros passos, tu que foste a primeira a me abrir os olhos para os prodígios da terra, penso em ti...

Mulher dos campos, mulher dos rios, mulher do grande rio, ó, tu, minha mãe, penso em ti...

Ó, tu, Dâman, ó minha mãe, tu que secavas minhas lágrimas, tu que me alegravas o coração, tu que, pacientemente, suportavas meus caprichos, como eu gostaria de ainda estar perto de ti, ser criança perto de ti!

Mulher simples, mulher da resignação, ó tu, minha mãe, penso em ti...

Ó, Dâman, Dâman da grande família dos ferreiros, meu pensamento sempre se volta para ti, o teu a cada passo me acompanha, ó Dâman, minha mãe, como eu gostaria de ainda estar em teu calor, ser criança perto de ti...

Mulher negra, mulher africana, ó tu, minha mãe, obrigado; obrigado por tudo o que fizeste por mim, teu filho, tão longe, tão perto de ti!

O *menino negro*, livro iniciático

Alain Mabanckou

Publicado em 1953, *O menino negro*, do guineano Camara Laye, não envelheceu nem um pouco e exibe um frescor que poucos relatos africanos publicados na mesma época apresentam, relatos com frequência datados, moralizantes, privados da magia que permite a um texto sobreviver a várias gerações e encarar o futuro com serenidade. Uma espécie de graça habita o leitor desde as primeiras frases do livro, que sempre terminamos com a promessa firme de voltar a ele o quanto antes. Alguns o chamariam talvez de "livro cult"! Essa expressão tornou-se atualmente corriqueira demais e prefiro falar em *livro iniciático*. De fato, ler *O menino negro* é trilhar os caminhos da iniciação, é decifrar os códigos de uma sociedade, de todo um povo. Saímos maravilhados, surpresos por ter entrado num universo de personagens humildes, depositários de uma cultura da cortesia, da troca e da dignidade...

Assim como "Orfeu negro" — o famoso prefácio escrito por Jean-Paul Sartre para a *Anthologie de la nouvelle poésie nègre et malgache de langue française* [Antologia da nova poesia negra e malgaxe de língua francesa] de Léopold Sédar Senghor — tornou-se um texto destacável do livro do poeta e contribuiu para "legitimar" o movimento da negritude, *O menino negro* é precedido de um texto "destacável", intitulado "À minha mãe". Muito depressa esse texto ultrapassou o âmbito da simples dedicatória à mãe do autor e atualmente se impõe como a homenagem mais vibrante que um escritor africano fez à mulher africana. Retomada pelos grandes músicos africanos, aprendida de cor ininterruptamente nas escolas, essa "dedicatória" figura em lugar de destaque na maioria das antologias de literatura francofônica, rivalizando no mais das vezes com o célebre poema "Mulher nua, mulher negra",[*] de Senghor.

É preciso sempre lembrar que, ao ser publicado, *O menino negro* estava em absoluto descompasso com uma produção literária africana demasiado ocupada em reunir as queixas contra a colonização e sonhar com o seu fim. Assim, este relato em tom calmo e sereno, de um rapaz de 25 anos, produziu o efeito de uma pedra no lago. Enquanto recebia uma acolhida calorosa do público e da crítica na França (Prêmio Charles-Veillon 1954), a obra enfrentou o fogo cruzado de certos intelectuais e militantes africanos. A diretiva ideológica da época era gritar em uníssono. A literatura devia *servir para alguma coisa* — e sobretudo *servir a alguma causa*! O autor africano tinha, portanto, uma *missão* em prol da coletividade. Foi assim que, em 1954, o mais virulento escritor da época, o camaronense Eza Boto (mais conhecido pelo pseudônimo de Mongo Beti), autor do romance *Ville cruelle* [Cidade cruel], escreveu um artigo, publicado na revista *Présence africaine* [Presença africana], em que censurava o autor guineano por não ter seguido a disciplina ambiente: "Em seu romance *O meni-*

[*] Léopold Sédar Senghor. *Oeuvre poétique* [Obra poética]. Paris: Le Seuil, 1990.

no negro, Laye fecha obstinadamente os olhos para as realidades mais cruciais. Então esse guineano não viu nada além de uma África tranquila, bela, maternal? Será possível que nem uma única vez Laye tenha sido testemunha de algum crime da administração colonial francesa?". No mundo anglófono, o escritor nigeriano Chinua Achebe considerou o livro "açucarado demais" para seu gosto!

É interessante notar que essa cabala contra Camara Laye seguia o clima da época tanto na África como na Europa. Louis Aragon não fora recriminado, alguns anos antes, por "cantar o amor" durante a Ocupação, quando a hora era propícia aos textos louvando a bravura, o heroísmo, a resistência? Ao que Aragon respondeu, em "arma virumque cano",* o ferino prefácio de sua coletânea *Les yeux d'Elsa* [Os olhos de Elsa]: "Todos os que, com idêntica blasfêmia, negam o amor e também o que eu amo, ainda que pudessem esmagar a última fagulha desse fogo na França, ergo diante deles este pequeno livro de papel, esta miséria das palavras, este livro de magia perdido; e pouco importa o que dele será se, na hora do maior ódio, eu tiver por um instante mostrado a este país dilacerado o rosto resplandecente do amor".

Os contraditores de Camara Laye não o perdoavam por ter ousado cantar sua felicidade de ser africano enquanto eles se anunciavam "os sóis das independências". Não o perdoavam por ter sido um garoto fascinado pelo rastejar de uma cobra preta, pelo esplendor da aurora ou do pôr do sol! Ora, preso pelo ditador guineano Sekou Touré, "recolhido" no exílio por Léopold Sédar Senghor, então presidente do Senegal, Camara Laye teria lições de engajamento a dar a seus antagonistas! Ele era *cativante*, para empregar o termo do escritor

---

* "Canto as armas e o homem". Verso de abertura de *Eneida*, de Virgílio. (N. E.)

Sony Labou Tansi: "Aos que procuram um autor engajado, eu proponho um homem cativante".* Não é um engajamento celebrar a vida? Não é um engajamento mostrar as riquezas de seus costumes, de suas tradições, em suma, de sua cultura?

No fundo, graças a *O menino negro*, a questão da *função* do romance africano foi enfim levantada, e, mais que isso, a questão da própria definição do *engajamento* do autor do continente negro. Sereno, por estar convencido de que a arte não é um concerto de cacarejos de um punhado de exaltados, Camara Laye afirmará: "Eu só pensava em mim mesmo e, além disso, à medida que escrevia, me dei conta de que traçava um retrato de minha Alta Guiné natal". Sua fórmula era forte e cheia de consequências: "Eu só pensava em mim mesmo". Assim, ele assinava, com *O menino negro*, a verdadeira certidão de nascimento de uma literatura africana autônoma, livre dos dogmas, do tom panfletário, e entregava-nos em tom de sabedoria prematura as páginas mais comoventes do continente negro: "O mar é muito bonito e cintilante quando se olha da orla: é verde-azulado nas margens, casando o azul do céu com o verde lustrado dos coqueiros e das palmeiras da costa, e debruado de espuma, já debruado de irisações; mais adiante é como que inteiramente nacarado...".

Muito perto de seu povo, esse escritor, que a americana Toni Morrison chama de "o extradinário escritor guineano",** publicou, em 1954, outro livro, *Le regard du roi* [O olhar do rei], cujo personagem principal é um branco rejeitado pelos

---

* Sony Labou Tansi. *La vie et demie* (romance). Paris: Le Seuil, 1979.

** Camara Laye. *The radiance of the king*. Trad. James Kirkup. Nova York: New York Review of Books, 2001. Toni Morrison contribuiu para a divulgação da obra de Camara Laye nos Estados Unidos. Escreveu uma introdução para a nova edição de *The radiance of the king*.

seus e que recorre à sabedoria africana. É no Senegal, seu lugar de exílio, que ele escreverá os livros seguintes. *Dramouss* (1966) é considerado a continuação de *O menino negro*, que na verdade termina com a partida do narrador para a Europa: "Depois a hélice começou a girar, ao longe meus tios acenaram uma última vez, e a terra de Guiné começou a fugir, a fugir... [...] Mais tarde, senti um volume sob minha mão: o mapa do metrô dentro do bolso". Se *O menino negro* é o livro das origens, *Dramouss* é o "caderno de um retorno ao país natal", com uma constatação amarga, uma corrente de decepções, uma crítica feroz contra a ditadura do presidente Ahmed Sékou Touré. Seu último livro é *Le maître de la parole* [O mestre da palavra]. Publicada em 1978, essa obra marca seu apego às culturas africanas, já que se trata de uma transcrição da epopeia do imperador mandinga Soundiata Keita. Camara Laye teve de se empenhar pessoalmente por mais de duas décadas para se "documentar" junto aos quimbandas malinqués e terminar esse livro, que preserva uma boa parte do que alguns chamariam de "oralidade" africana. Uma verdadeira herança legada à posteridade, dois anos antes de sua morte no Senegal...

Se em *O menino negro* o escritor guineano imaginava ter pensado apenas em si mesmo e traçado os contornos de sua "Alta Guiné natal", o resultado, porém, foi um canto universal. Em 1954, um ano depois do relato de Camara Laye, era publicada outra obra-prima francofônica, *Le livre de ma mère* [O livro de minha mãe], do suíço Albert Cohen. "Cada homem é único e todos ignoram todos e nossas dores são uma ilha deserta. Isso não é uma razão para não nos consolarmos, esta noite, nos ruídos da rua que estão chegando ao fim, nos consolarmos, esta noite, com as palavras", escrevia Cohen. Devia ser esse o estado de espírito do jovem Camara Laye durante a redação de seu relato. Sozinho na Europa, separado de sua família, ele se consolava com as palavras. E à noite, com a mão trêmula, o coração apertado de saudade, devia reencontrar sua terra natal, o clamor dos ferreiros vindo da oficina de seu pai, a voz tranquilizadora de um de seus tios. Reencontrava também seus companheiros de brincadeiras, aqueles com quem passou a dura prova da circuncisão, tal como descrita em seu relato. Havia o Amor, assunto mais que tabu, com a silhueta de sua bem-amada Marie: "Meu tio nos deixava sua vitrola e seus discos, e Marie e eu dançávamos. Dançávamos com infinito recato, mas isso é óbvio: não temos o costume de dançar junto, abraçado; dançamos frente a frente, sem nos tocar; no máximo nos damos a mão, e nem sempre. Devo acrescentar que nada convinha melhor à nossa timidez?".

Camara Laye terá, assim, marcado a maioria dos escritores africanos de sua geração e inspirado as vozes contemporâneas do continente negro. De certo modo, a maioria dos autores africanos escreverá seu *Menino negro*: Bernard Dadié (*Climbié*, 1956), Aké Loba (*Kocumbo, l'étudiant noir*, 1960) [Kocumbo, o estudante negro], Cheikh Hamidou Kane (*L'aventure ambiguë*, 1966) [Aventura ambígua]... Encontramos nesses textos de autores contemporâneos de Camara Laye o veio pessoal, os ímpetos autobiográficos, para não falar da difusão da autoficção nas letras africanas. Hoje essa influência prossegue com certas vozes importantes da nova geração das letras africanas. Basta ler, por exemplo, os textos de Gaston-Paul Effa (*Tout ce bleu*, 1998) [Todo esse azul] e *Mâ* (2001) ou do tchadiano Nimrod (*Le départ*, 2005) [A partida]. Como Laye, agora todos esses escritores falam em seu próprio nome e revisitam com emoção "o vestiário da infância". É também nesse sentido que *O menino negro* é, mais que nunca, um livro iniciático e, de certa forma, um dos textos fundadores da literatura africana contemporânea.

1

Eu era criança e brincava perto do casebre do meu pai. Que idade tinha naquela época? Não lembro exatamente. Devia ser ainda muito novinho: cinco anos, seis no máximo. Minha mãe estava na oficina, perto de meu pai, e as vozes deles chegavam a mim, tranquilas, me sossegando, misturadas com as dos clientes da forja e com o barulho da bigorna.

Interrompi a brincadeira abruptamente, com a atenção, toda a minha atenção, voltada para uma cobra que rastejava ao redor do casebre, que parecia de fato passear ao redor do casebre, e logo me aproximei. Eu tinha apanhado um caniço que estava ali no quintal — sempre havia alguns, que se soltavam da cerca de bambus trançados que fecha a nossa concessão* — e agora enfiava aquele caniço na goela do bicho. A cobra não se esgueirava, tomava gosto na brincadeira; engolia devagar o caniço, engolia-o como se fosse uma presa, com

---

* Na África, o termo costumava designar um terreno concedido pela administração colonial ou simplesmente um grande terreno cercado em que havia, em torno de um pátio, casas de habitação e oficinas de trabalho de uma mesma família. (N. T.)

idêntica volúpia, pensava eu, com os olhos brilhando de felicidade, e pouco a pouco sua cabeça se aproximava de minha mão. Chegou um momento em que o caniço ficou mais ou menos todo dentro dela e a cara da cobra ficou terrivelmente perto de meus dedos.

Eu ria, não tinha o menor medo, e acho que a cobra não demoraria muito a enfiar seus dentes em meus dedos se, naquele instante, Damany, um dos aprendizes, não tivesse saído da oficina. Ele fez um sinal para meu pai, e quase na mesma hora me senti içado do chão: eu estava nos braços de um amigo de meu pai!

Ao meu redor, faziam muito barulho; minha mãe, sobretudo, gritava alto e me deu uns tapas. Comecei a chorar, mais transtornado com o tumulto que se formara tão inesperadamente do que com os tabefes recebidos. Mais tarde, quando me acalmei um pouco e em volta de mim os gritos pararam, ouvi minha mãe me advertir severamente para nunca mais recomeçar uma brincadeira dessas; prometi a ela, embora o perigo de minha brincadeira não me parecesse claro.

Meu pai tinha seu casebre nos arredores da oficina, e volta e meia eu brincava por ali, no alpendre que o cercava. Era o seu casebre pessoal. Era feito de tijolos de terra batida e amassada com água; e como todos os nossos casebres, redondo e orgulhosamente coberto de colmo. Penetrava-se nele por uma porta retangular. Dentro, uma claridade escassa chegava por uma janelinha. À direita, havia a cama, de terra batida como os tijolos, guarnecida de uma simples esteira de palha trançada e de um travesseiro estofado de paina. No fundo do casebre e bem debaixo da janelinha, onde havia mais claridade, ficavam as caixas de ferramentas. À esquerda, os bubus* e as peles de oração. Finalmente, na cabeceira da cama, acima do travesseiro e velando pelo sono de meu pai, havia uma série de potes con-

---

*Túnica usada na África por homens e mulheres, de formas variadas. (N.T.)

tendo extratos de plantas e de cascas de árvores. Todos esses potes tinham tampas de lata e eram ricamente rodeados por curiosas enfiadas de conchinhas de cauris; logo se compreendia que eles eram o que havia de mais importante no casebre; na verdade, continham os gris-gris, esses líquidos misteriosos que afastam os maus espíritos e que, por pouco que sejam passados no corpo, o tornam invulnerável aos feitiços, a todos os malefícios. Meu pai, antes de se deitar, nunca deixava de besuntar o corpo com eles, passando um, passando outro, pois cada líquido, cada gri-gri tem sua propriedade particular; mas qual virtude exatamente? Ignoro: abandonei meu pai cedo demais.

Do alpendre em que brincava, eu tinha vista direta para a oficina, e eles, por sua vez, mantinham os olhos em mim o tempo todo. Essa oficina era o elemento principal de nossa concessão. Em geral meu pai estava sempre ali, dirigindo o trabalho, forjando ele mesmo as peças principais ou consertando as mecânicas delicadas; ali recebia amigos e clientes; e tanto assim que vinha dessa oficina um barulho que começava com o dia e só terminava com a noite. Além do mais, qualquer um que entrava ou saía de nossa concessão devia atravessar a oficina; donde o vaivém eterno, embora ninguém parecesse especialmente apressado, embora todos tivessem algo a dizer e de bom grado ali se demorassem, acompanhando com os olhos o trabalho da forja. Às vezes eu me aproximava, atraído pelo clarão da fornalha, mas raramente entrava, pois aquelas pessoas todas me intimidavam muito, e eu dava no pé assim que tentavam me agarrar. Meu domínio ainda não era lá; foi só muito mais tarde que me habituei a agachar na oficina e olhar o brilho da fornalha da forja.

Naquele tempo, meu domínio era o alpendre que rodeava o casebre de meu pai, era o casebre de minha mãe, era a laranjeira plantada no centro da concessão.

Logo que se atravessava a oficina e se cruzava a porta dos fundos, era possível avistar a laranjeira. Comparada com as gigantes das nossas florestas, a árvore não era muito grande, mas de sua massa de folhas envernizadas caía uma sombra compacta que afastava o calor. Quando ela floria, um cheiro persistente se espalhava por toda a concessão. Quando apareciam as frutas, só tínhamos autorização para olhá-las: devíamos esperar pacientemente que amadurecessem. Meu pai, que como chefe de família — e chefe de uma família numerosa — governava a concessão, dava então a ordem de colhê-las. Os homens que faziam essa colheita traziam, devagar, as cestas para meu pai, e ele as dividia entre os habitantes da concessão, os vizinhos e os clientes; depois disso, podíamos pegar frutas nas cestas, e à vontade! Meu pai as dava fácil, e até mesmo prodigamente: qualquer um que se apresentasse compartilhava nossas refeições, e como eu não comia tão depressa quanto esses convidados, correria o risco de ficar eternamente com fome, se minha mãe não tivesse a precaução de reservar minha parte.

— Fique aqui — ela me dizia — e coma, pois seu pai está louco.

Ela não via com muito bons olhos esses convidados, numerosos demais para seu gosto, apressados demais em pegar comida no prato. Meu pai, de seu lado, comia muito pouco, era de extrema sobriedade.

Morávamos na beira da estrada de ferro. Os trens margeavam a barreira de bambus que limitava a concessão, e, para falar a verdade, a margeavam de tão perto que de vez em quando as fagulhas que escapavam da locomotiva punham fogo na cerca; era preciso ir correndo apagar o início de incêndio se não quiséssemos ver tudo se queimar. Esses alertas, meio assustadores, meio divertidos, chamavam minha atenção para a passagem dos trens; e mesmo quando não havia trens — pois a passagem dos trens, nessa época, ainda dependia inteiramente do tráfego fluvial, que era dos mais irregulares —, eu passava longos momentos contemplando a via férrea. Os trilhos brilhavam violentamente sob uma luz que, naquele local, nada filtrava. Aquecido desde a aurora, o lastro de pedras vermelhas ficava escaldante, a tal ponto que o óleo que caía das locomotivas logo secava e dele não sobrava nem vestígio. O que atraía as cobras seria esse calor, que parecia um forno, ou o óleo, o cheiro de óleo que, apesar de tudo, subsistia? Não sei. O fato é que volta e meia eu flagrava as cobras rastejando sobre aquelas pedras cozidas e recozidas pelo sol; e fatalmente acontecia de as cobras penetrarem na concessão.

Desde que fora proibido de brincar com as cobras, eu mal avistava uma e já ia correndo para perto de minha mãe.

— Tem uma cobra! — eu gritava.

— Mais uma! — exclamava minha mãe.

E ela vinha ver que tipo de cobra era. Se fosse uma cobra como as outras — na verdade, eram muito diferentes entre si! —, matava-a imediatamente a pauladas e não desistia, como todas as mulheres de nossa terra, até reduzi-la a mingau; ao passo que os homens, por sua vez, se contentavam com uma pancada seca, dada com firmeza.

Um dia, porém, observei uma pequena cobra preta de corpo particularmente brilhante, que se dirigia sem pressa para a oficina. Corri para avisar minha mãe, como tinha me habituado; mas ela, batendo os olhos na cobra preta, me disse gravemente:

— Essa, meu filho, não devemos matar: essa cobra não é como as outras, não lhe fará nenhum mal; por isso, nunca contrarie o caminho dela.

Ninguém na nossa concessão ignorava que essa cobra não devia ser morta, a não ser eu, a não ser meus amiguinhos de brincadeiras, imagino, pois ainda éramos crianças ingênuas.

— Essa cobra — acrescentou minha mãe — é o gênio de seu pai.

Observei, pasmo, a cobrinha. Seguia seu caminho para a oficina; avançava graciosamente, pelo visto muito segura de si, como que consciente de sua imunidade; seu corpo brilhante e negro resplandecia na luz crua. Quando chegou à oficina, percebi que havia ali, rente ao chão, um buraco na parede. A cobra desapareceu por aquele buraco.

— Está vendo? A cobra vai fazer uma visita a seu pai — disse ainda minha mãe.

Embora o maravilhoso me fosse familiar, fiquei mudo, tamanho era meu espanto. O que é que uma cobra tinha a ver com meu pai? E por que aquela cobra especificamente? Não a matavam porque ela era o gênio de meu pai! Pelo menos era essa a razão que minha mãe dava. Mas, pensando bem, o que era um gênio? O que eram esses gênios que eu encontrava por todo lado, que proibiam tal coisa, comandavam tal outra? Eu não entendia claramente, ainda que crescesse na intimidade deles. Havia gênios bons, havia gênios maus; e mais maus que bons, parece-me. E o que é que me provava que aquela cobra era inofensiva? Era uma cobra como as outras; uma cobra preta, sem dúvida, e certamente uma cobra de um brilho extraordinário, mas, afinal, uma cobra! Eu estava em absoluta perplexidade, mas nada perguntei à minha mãe; pensava que devia interrogar diretamente meu pai, sim, como se esse mistério fosse um assunto a debater apenas entre homens, um assunto e um mistério que não diz respeito às mulheres; e resolvi esperar a noite.

Logo depois do jantar, quando, terminadas as conversas, meu pai se despediu dos amigos e se retirou para o alpendre de seu casebre, fui até ele. Comecei a questioná-lo a torto e a direito, como fazem as crianças, e sobre todos os assuntos que se apresentavam a meu espírito; na verdade, eu não agia de forma diferente nas outras noites, mas naquela noite fazia assim para disfarçar o que me preocupava, procurando o instante favorável em que, como quem não quer nada, faria a pergunta que me interessava tanto desde que tinha visto a cobra preta se dirigir para a oficina. E de repente, não aguentando mais, disse:

— Pai, que cobrinha é essa que vai visitar você?

— De que cobra está falando?

— Bem, da cobrinha preta que mamãe me proibiu de matar.

— Ah! — ele disse.

Olhou-me durante um tempão. Parecia hesitar em responder. Provavelmente pensava em minha idade, provavelmente se perguntava se não era cedo para contar esse segredo a uma criança de doze anos. Depois, de repente, se decidiu.

— Essa cobra — disse — é o gênio de nossa raça. Entende?

— Entendo — eu disse, embora não entendesse muito bem.

— Essa cobra — prosseguiu — está sempre presente; sempre aparece para um de nós. Na nossa geração, foi a mim que se apresentou.

— Sei — eu disse.

E disse isso com força, pois me parecia evidente que a cobra só podia ter se apresentado a meu pai. Não era meu pai o chefe da concessão? Não era ele que comandava todos os ferreiros da região? Não era o mais hábil? Enfim, não era ele meu pai?

— Como ela apareceu? — perguntei.

— Primeiro se apresentou na forma de sonho. Várias vezes, ela me apareceu e me disse que, no dia em que fosse realmente se apresentar a mim, especificaria a hora e o lugar. Mas na primeira vez que a vi de verdade, fiquei com medo. Considerava-a uma cobra como as outras e tive de me conter para não matá-la. Quando ela percebeu que eu não lhe dava a menor acolhida, virou-se e partiu por onde tinha vindo. E eu a vi ir embora e continuei me perguntando se não deveria, pura e simplesmente, tê-la matado, mas uma força mais poderosa que minha vontade me segurava e me impedia de persegui-la. Fiquei olhando enquanto ela desaparecia. E até mesmo nesse momento, ainda nesse momento, poderia facilmente tê-la agarrado: bastaria dar umas boas passadas; mas uma espécie de paralisia me tomava. Esse foi meu primeiro encontro com a pequena cobra preta.

Calou-se um momento, depois recomeçou:

— Na noite seguinte, revi a cobra em sonho. "Vim como tinha avisado", ela disse, "e você não me deu a menor acolhida; eu o vi até mesmo prestes a me dar uma má acolhida, li em seus olhos. Por que me rejeita? Sou o gênio da sua raça, e é como gênio da sua raça que me apresento a você, o mais digno. Portanto, pare de me temer e tome cuidado para não me rejeitar, pois lhe trago o êxito." Acolhi a cobra quando ela se apresentou pela segunda vez; e desde então a recebo sem medo, recebo-a com amizade, e ela nunca me fez senão o bem.

Meu pai se calou mais um instante e depois me disse:

—Você mesmo está vendo que não sou mais capaz que qualquer outro, que não tenho nada mais que os outros, e que até tenho menos, já que dou tudo, já que daria até minha última camisa. Porém, sou mais conhecido que os outros, e meu nome está em todas as bocas, e sou eu que comando todos os ferreiros dos cinco cantões ao redor. Se é assim, é somente pela graça dessa cobra, gênio de nossa raça. É a essa cobra que devo tudo, e é ela também que me adverte de tudo. Por isso, não me espanto, ao acordar, de ver esse ou aquele me esperando na frente da oficina: sabia que esse ou aquele estaria lá. Não me espanto tampouco quando acontece algum problema com a motocicleta ou com a bicicleta desse ou daquele, ou algum acidente de relojoaria: eu sabia de antemão o que aconteceria. Tudo me foi ditado durante a noite, assim como todo o trabalho que eu teria de fazer, de modo que, de imediato, sem precisar refletir a respeito, sei como vou resolver o que me apresentam; e foi isso que criou minha fama de artesão. Mas, pense bem, devo isso à cobra, devo isso ao gênio da nossa raça.

Calou-se, e então eu soube por que meu pai, quando voltava do passeio e entrava na oficina, podia dizer aos aprendizes: "Na minha ausência, fulano ou beltrano vieram aqui, estavam vestidos assim, vinham de tal lugar e traziam tal trabalho". E todos ficavam maravilhados com esse estranho saber. Agora eu compreendia de onde meu pai tirava seu conhecimento dos fatos. Quando levantei os olhos, vi que ele me observava.

— Eu lhe disse tudo isso porque você é meu filho, o meu filho mais velho, e porque não tenho nada a lhe esconder. Há um comportamento a manter e certos modos de agir para que um dia o gênio de nossa raça também se dirija a você. Eu tinha essa linha de conduta que determina que o gênio venha nos visitar; ah!, talvez inconscientemente. Mas o fato é que, se você quiser que o gênio de nossa raça o visite um dia, se quiser herdá-lo, terá de adotar esse mesmo comportamento; terá, de agora em diante, que estar mais comigo.

Olhava-me com paixão, e repentinamente suspirou.

— Tenho medo, tenho muito medo, filhinho, de que você não possa estar comigo o bastante. Você vai à escola e, um dia, trocará essa escola por outra maior. Você me abandonará, filhinho...

E novamente suspirou. Eu via que ele estava com o coração apertado. A lamparina protegida contra o vento, pendurada no alpendre, o iluminava com uma luz crua. De repente ele me pareceu envelhecido.

— Pai! — exclamei.

— Filho... — ele disse a meia-voz.

E eu já não sabia se devia continuar a ir à escola ou se devia ficar na oficina: estava numa indescritível perturbação.

— Agora vá — disse meu pai.

Levantei-me e dirigi-me ao casebre de minha mãe. A noite cintilava de estrelas, a noite era um campo de estrelas; um mocho piava, pertinho. Ah! Qual era o meu caminho? Eu ainda sabia qual era o meu caminho? Meu desespero era a imagem do céu: um lugar sem limites; mas, infelizmente, sem estrelas… Entrei no casebre de minha mãe, que então era o meu, e logo fui dormir. O sono, porém, me fugia, e eu me agitava sobre a coberta.

— O que você tem? — disse minha mãe.

— Nada — respondi.

Não, eu não tinha nada de que pudesse falar.

— Por que não dorme? — perguntou.

— Não sei.

— Durma! — ela disse.

— Sim — respondi.

— O sono… Nada resiste ao sono — ela disse tristemente.

Por que ela também parecia triste? Teria sentido meu desespero? Ela sentia fortemente tudo o que me agitava. Eu buscava o sono, mas, por mais que tivesse fechado os olhos e me obrigado a ficar imóvel, a imagem de meu pai sob a lamparina não me largava: meu pai, que de repente parecera tão envelhecido, ele, que era tão jovem, tão alerta, mais moço e mais vivo que nós todos, e que não deixava ninguém ultrapassá-lo na corrida, que tinha pernas mais velozes que nossas jovens pernas… "Pai!… Pai!…", eu me repetia. "Pai, que devo fazer para agir bem?" E chorava em silêncio. Adormeci chorando.

Posteriormente, a pequena cobra preta não foi mais assunto entre nós: meu pai tinha me falado dela pela primeira e última vez. Mas, desde então, assim que eu avistava a cobrinha, corria para me sentar na oficina. Olhava a cobra se esgueirar pelo buraco da parede. Como que advertido de sua presença, no mesmo instante meu pai virava o olhar para ela e sorria. A cobra se dirigia direto para ele, abrindo a goela. Quando estava a seu alcance, meu pai a acariciava com a mão e a cobra aceitava sua carícia com um estremecimento de todo o corpo; nunca vi a cobrinha tentar lhe fazer o menor mal. Essa carícia e o estremecimento que a ela respondia — mas eu deveria dizer: essa carícia que a chamava e o estremecimento que a ela respondia — sempre me jogavam numa inexprimível confusão: eu não sabia que misteriosa conversa era aquela, a mão interrogava, o estremecimento respondia...

Sim, era como uma conversa. Será que eu também, um dia, conversaria dessa maneira? Mas não: eu continuava a ir à escola! No entanto, eu gostaria, gostaria tanto de também pôr a mão na cobra, compreender, escutar, eu mesmo, esse estremecimento, mas não sabia como a cobra acolheria minha mão e não imaginava que ela tivesse algo a me contar, temia que nunca tivesse algo para me contar...

Quando meu pai considerava que tinha acariciado bastante o bichinho, ele o deixava; e então a cobra se aninhava numa das beiras da pele de carneiro sobre a qual meu pai se sentava, diante de sua bigorna.

2

De todos os trabalhos que meu pai executava na oficina, não havia nenhum que me apaixonasse tanto quanto o do ouro; também não havia nenhum mais nobre nem que exigisse mais habilidade; e, além disso, esse trabalho era sempre como uma festa, uma verdadeira festa que interrompia a monotonia dos dias.

Bastava uma mulher, acompanhada de um quimbanda,* empurrar a porta da oficina, para que eu logo fosse atrás dela. Eu sabia muito bem o que ela queria: trazia ouro e vinha pedir a meu pai para transformá-lo em joia. Esse ouro, a mulher o recolhera nas minas de Siguiri, onde, por vários meses seguidos, ficara curvada sobre os rios, lavando a terra, separando pacientemente o pó de ouro da lama.

Essas mulheres nunca vinham sozinhas. Decerto sabiam que meu pai não trabalhava apenas como joalheiro; e mesmo que só tivesse esse serviço, não podiam esperar que fossem as primeiras a chegar ou, consequentemente, as primeiras a ser atendidas. Em geral precisavam da joia para uma data marcada, fosse

---

* Sacerdote africano. (N. T.)

a festa do Ramadã, o Tabaski* ou qualquer outra cerimônia de família ou de dança.

Por isso, para aumentar a possibilidade de serem rapidamente atendidas, para conseguirem que meu pai interrompesse seus serviços em seu favor, elas recorriam a um procurador e lisonjeador oficial, um quimbanda, com quem combinavam o preço pelo qual ele venderia seus bons ofícios.

O quimbanda se instalava, fazia um prelúdio com seu corá, que é a nossa harpa, e começava a cantar os louvores a meu pai. Para mim, esse canto era sempre um grande momento. Eu o ouvia relembrar as façanhas dos ancestrais de meu pai, e dos ancestrais desses ancestrais, através do tempo; à medida que as estrofes se desenrolavam, era como uma grande árvore genealógica que se erguia, que estendia seus galhos aqui e acolá, que se espalhava com seus cem ramos e raminhos diante de meu espírito. A harpa sustentava essa vasta nomenclatura, preenchendo-a e cortando-a com notas ora surdas, ora agudas.

De onde o quimbanda tirava esse saber? Com toda a certeza de uma memória particularmente exercitada, particularmente alimentada também por seus predecessores, e que é o fundamento de nossa tradição oral. Ele acrescentava alguma coisa? É possível: é ofício do quimbanda adular! Porém não devia se afastar muito da tradição, pois também é seu ofício mantê-la intacta. Mas nessa época pouco me importava, eu erguia bem alto a cabeça, inebriado por tantos elogios, dos quais parecia respingar alguma coisa sobre minha pequena pessoa. E se dirigisse o olhar para o meu pai, via muito bem

---

* O Ramadã e o Tabaski são festas muçulmanas. A primeira comemora o fim do período de um mês durante o qual os muçulmanos devem fazer abstinência e jejum entre o raiar do dia e o pôr do sol. A segunda também é chamada de Aid-el-Kebir ou "festa do carneiro", pois nesse dia todos os muçulmanos devem matar um carneiro para comemorar a disposição de Abraão de sacrificar seu filho a Alá.

que um orgulho parecido então o enchia, via muito bem que seu amor-próprio estava inflado, e eu já sabia que, depois de saborear esse leite, ele acolheria favoravelmente o pedido da mulher. Mas eu não era o único a saber: a mulher também vira os olhos de meu pai luzirem de orgulho. Ela estendia seu pó de ouro como se fosse um negócio combinado, e meu pai pegava suas balanças e o pesava.

— Que tipo de joia você quer? — ele indagava.

— Eu quero...

E era comum a mulher já não saber com certeza o que queria, pois seu desejo a puxava para cá e para lá, pois na verdade queria todas as joias ao mesmo tempo. Mas para satisfazer tamanho apetite, seria preciso outro monte de ouro, além do que ela tinha trazido, e então só restava se manter nos limites do possível.

— Para quando você quer isso? — dizia meu pai.

Era sempre para uma data muito perto.

— Ah, está tão apressada assim? Mas como você quer que eu encontre tempo?

— Tenho muita pressa, é verdade! — respondia a mulher.

— Nunca vi mulher que desejasse se enfeitar e que não estivesse! Está bem, vou dar um jeito de atendê-la. Está contente?

Ele pegava o pote de terra argilosa reservado para a fusão do ouro e nele jogava o pó; depois cobria o ouro com carvão de lenha pulverizado, carvão que era obtido pelo emprego de essências especialmente duras; por fim, punha em cima disso tudo um grande pedaço de carvão da mesma lenha.

Então, vendo o trabalho devidamente iniciado, a mulher voltava para seus afazeres, sossegada, agora, sim, plenamente sossegada, deixando a seu quimbanda o cuidado de prosseguir com os louvores dos quais ela já tirara tanta vantagem.

A um sinal de meu pai, os aprendizes faziam funcionar os dois foles de pele de carneiro, postos diretamente no chão de cada lado da forja e ligados a ela por dutos na terra. Esses aprendizes ficavam o tempo todo sentados, de pernas cruzadas, na frente dos foles; pelo menos o mais moço, pois o mais velho às vezes podia participar do trabalho dos operários, enquanto o mais jovem — era Sidafa, nessa época — apenas soprava e observava, esperando sua vez de ser promovido a trabalhos menos rudimentares. Por ora, um e outro pressionavam com força os abanadores, e a chama da forja se erguia, tornando-se uma coisa viva, um gênio vivo e impiedoso.

Então meu pai, com suas pinças compridas, pegava o pote e o colocava sobre a chama.

De repente, todo o trabalho praticamente parava na oficina: durante o tempo em que o ouro se funde e depois esfria, não se deve manusear nem cobre nem alumínio por perto, para que nenhum pedacinho desses metais sem nobreza caia no recipiente. Só o aço pode ainda ser trabalhado. Mas os operários que faziam algum serviço com aço, ou se apressavam em acabá-lo ou simplesmente o abandonavam para se juntar aos aprendizes em torno da forja. Na verdade, eles eram sempre tão numerosos a se espremer em volta de meu pai que eu, que era o menor, precisava me levantar e me aproximar para não perder a sequência da operação.

Também acontecia de meu pai, atrapalhado em seus movimentos, mandar os aprendizes recuarem. Ele o fazia com um simples gesto de mão: nunca dizia uma palavra nesse momento, ninguém dizia uma palavra, ninguém devia dizer uma palavra, o próprio quimbanda parava de elevar a voz; o silêncio só era interrompido pelo arquejo dos foles e o leve assobio do ouro. Mas se meu pai não dizia nada, sei muito bem que, por dentro, ele formulava palavras; eu as percebia em seus lábios que se mexiam enquanto, debruçado sobre o pote, misturava o ouro e o carvão com um pedaço de pau, que aliás logo se inflamava e precisava ser substituído o tempo todo.

Que palavras meu pai poderia formular? Não sei, não sei exatamente: nada me foi dito sobre essas palavras. Mas o que seriam elas, senão evocações? Não eram os gênios do fogo e do ouro, do fogo e do vento, do vento soprado pelos bicos dos foles, do fogo nascido do vento, do ouro casado com o fogo, não eram esses gênios que ele invocava então? Não era a ajuda e a amizade deles, o casamento entre eles, que meu pai convocava? Sim, por certo eram esses gênios, que estão entre os fundamentais e eram igualmente necessários à fusão.

A operação que se seguia diante de meus olhos era uma simples fusão de ouro só na aparência; era uma fusão de ouro, com certeza, mas era também outra coisa: uma operação mágica que os gênios podiam aceitar ou recusar; e é por isso que, em torno de meu pai, havia esse silêncio absoluto e essa grande expectativa. E por causa desse silêncio e dessa expectativa, eu compreendia, embora não passasse de uma criança, que não há trabalho que supere o do ouro. Eu esperava uma festa, tinha ido assistir a uma festa, e era realmente uma festa, mas que tinha seus prolongamentos. Nem todos eu compreendia, não tinha idade para compreender todos esses prolongamentos; porém, desconfiava deles, considerava religiosa a atenção com que todos se punham a observar o andamento da mistura dentro do pote.

Quando, enfim, o ouro entrava em fusão, minha vontade era gritar, talvez a de todos fosse gritar, mas havia a proibição que nos impedia de elevar a voz; eu estremecia, e com certeza todos estremeciam vendo meu pai remexer a pasta ainda pesada, em que o carvão de lenha acabara de se consumir. A segunda fusão se seguia depressa; agora o ouro tinha a fluidez da água. Os gênios não haviam boicotado a operação!

— Aproximem o tijolo! — dizia meu pai, levantando assim a proibição que até então nos mantivera calados.

O tijolo, que um aprendiz punha perto do fogo, era vazado e generosamente untado com manteiga de karité. Meu pai retirava o pote do fogo, o inclinava suavemente, e eu olhava o ouro escorrer para dentro do tijolo, escorria como um fogo líquido. Na verdade, era apenas um finíssimo filete de fogo, mas tão vivo, tão brilhante! À medida que ele escorria pelo tijolo, a manteiga crepitava, flamejava, transformava-se numa fumaça pesada que pegava na garganta e ardia nos olhos, fazendo-nos lacrimejar e tossir, a todos igualmente.

Cheguei a pensar que meu pai bem que poderia entregar todo esse trabalho de fusão a algum de seus ajudantes, não lhes faltava experiência; cem vezes tinham assistido a esses mesmos preparativos e certamente conseguiriam levar a fusão a bom termo. Mas eu já disse: meu pai mexia os lábios! Essas palavras que não ouvíamos, essas palavras secretas, esses encantamentos que ele dirigia ao que não devíamos, ao que não podíamos ver nem ouvir, isso era o essencial. A invocação dos gênios do fogo, do vento, do ouro, e a conjuração dos maus espíritos, essa ciência, só meu pai tinha, e era por isso que só ele dirigia tudo.

Esse é o nosso costume, que afasta do trabalho do ouro qualquer intervenção que não a do próprio joalheiro. Sem dúvida porque o joalheiro é o único a possuir o segredo dos encantamentos, mas também porque o trabalho do ouro, além de ser obra de grande habilidade, é uma questão de confiança, de consciência, uma tarefa que só se delega depois de amadurecida reflexão e de muitas provas. Por fim, não creio que nenhum joalheiro admitisse renunciar a um trabalho — eu deveria dizer a um espetáculo! — no qual pode empregar seu saber com um brilho que nunca será capaz de exibir em seus ofícios de ferreiro ou de mecânico, e mesmo de escultor — ainda que seu saber não seja inferior nessas tarefas mais humildes, ainda que as estátuas que ele tira da madeira com o enxó não sejam tarefas humildes!

Depois que o ouro esfriava no oco do tijolo, meu pai o martelava e o esticava. Era o instante em que seu trabalho de joalheiro tinha início de verdade. E eu tinha descoberto que antes de começar esse trabalho, ele sempre acariciava discretamente a cobrinha aninhada sob sua pele de carneiro; não havia dúvida de que era seu modo de pedir auxílio para o que restava fazer, que era o mais difícil. Mas não era extraordinário, não era milagroso que naquelas circunstâncias a pequena cobra preta estivesse sempre aninhada sob a pele de carneiro? Nem sempre ela aparecia, não visitava meu pai diariamente, mas estava presente toda vez que havia esse trabalho com ouro. Para mim, sua presença não surpreendia; desde que meu pai me falara do gênio de sua raça, naquela noite, não me espantava mais; era evidente que a cobra estaria ali: ela conhecia o futuro. Será que advertia meu pai? Isso me parecia óbvio: ela não o advertia de tudo? Mas eu tinha um motivo a mais para acreditar perfeitamente nisso.

O artesão que trabalha o ouro deve purificar-se de antemão, lavar-se inteiramente e, é claro, abster-se, durante todo o tempo de seu trabalho, de relações sexuais. Respeitoso dos ritos como era, meu pai não podia deixar de se conformar à regra. Ora, eu não o via se retirar para seu casebre; eu o via se aferrar à tarefa sem preparação aparente. Portanto, era evidente que, prevenido em sonho por seu gênio negro sobre a tarefa que o esperava durante o dia, meu pai se preparara para ela ao pular da cama e entrara na oficina em estado de pureza, e, para completar, com o corpo untado das substâncias mágicas escondidas em seus numerosos potes de quimbanda. Aliás, creio que meu pai só entrava na oficina em estado de pureza ritual; e não é que eu procure torná-lo melhor do que ele é — seguramente ele é um homem, e seguramente compartilha as fraquezas do homem —, mas sempre o vi intransigente no seu respeito aos ritos.

A comadre a quem a joia se destinava, e que já várias vezes tinha ido ver a quantas andava o trabalho, então ficava de uma vez, pois não queria perder nada desse espetáculo, maravilhoso para ela, maravilhoso também para nós, em que o fio que meu pai acabava de esticar se transformaria em joia.

Agora ela estava ali, devorando com os olhos o frágil fio de ouro, seguindo-o em sua espiral tranquila e infalível em volta da plaquinha que lhe serve de suporte. Meu pai a observava de soslaio, e eu via um sorriso se abrir em seus lábios de vez em quando; a expectativa ávida da comadre o deliciava.

—Você está tremendo? — ele perguntava.

— Eu, tremendo? — ela dizia.

E ríamos de seu semblante. Pois ela tremia! Tremia de desejo diante do rolo em forma de pirâmide em que meu pai inseria, entre os meandros, minúsculos grãos de ouro. Quando enfim terminava a obra, pondo no alto do conjunto um grão maior, a mulher dava pulos.

Não, enquanto meu pai fazia a joia girar lentamente entre seus dedos para mostrar sua regularidade, não havia ninguém então que se mostrasse mais radiante do que a comadre, nem mesmo o quimbanda, cujo ofício era esse, e que, durante toda a metamorfose, não parara de acelerar sua falação, precipitando o ritmo, precipitando os louvores e as adulações à medida que a joia tomava forma, pondo nas nuvens o talento de meu pai.

Na verdade, o quimbanda participava de uma forma curiosa — mas eu ia dizer direta e efetivamente — do trabalho. Ele também se inebriava com a felicidade de criar; clamava sua alegria, pinçava sua harpa como homem inspirado; excitava-se como se fosse o próprio artesão, como se fosse meu pai, como se a joia tivesse nascido de suas próprias mãos. Não era mais o bajulador contratado; não era mais esse homem cujos serviços todo mundo e qualquer um pode alugar: era um homem que criava seu canto sob a influência de uma necessidade interior. E enquanto meu pai, depois de soldar o grão maior que finalizava a pirâmide, admirava sua obra, o quimbanda, sem poder mais se segurar, enunciava a "douga", esse grande canto que só é dirigido aos homens de renome, que só é dançado por esses homens.

Mas a "douga" é um canto terrível, um canto que provoca, um canto que o quimbanda não se arriscaria a cantar e que o homem para quem se canta tampouco se arriscaria a dançar sem precauções. Avisado em sonho, meu pai pudera tomar essas precauções desde a aurora; o quimbanda, de seu lado, as tomara obrigatoriamente no momento em que fechara o negócio com a mulher. Como meu pai, tinha então untado o corpo com os gris-gris, tinha se tornado invulnerável aos maus gênios que a "douga" sempre despertava, invulnerável também a seus próprios colegas que, talvez por ciúmes, esperavam apenas esse canto, a exaltação, a perda de controle provocada por esse canto, para lançar seus sortilégios.

Diante do enunciado da "douga", meu pai se levantava, dava um grito em que se misturavam igualmente triunfo e alegria, e, brandindo com a mão direita seu malho, insígnia de sua profissão, e com a esquerda um chifre de carneiro cheio de substâncias mágicas, dançava a dança gloriosa.

Mal terminava, operários e aprendizes, amigos e clientes que esperavam sua vez, sem falar na comadre a quem a joia era destinada, todos se amontoavam em torno dele, cumprimentando-o, cobrindo-o de elogios, felicitando na mesma ocasião o quimbanda, que se via coberto de presentes — presentes que na prática são seus únicos recursos na vida errante que ele leva, à moda dos trovadores de antigamente. Radiante, excitado pela dança e pelos louvores, meu pai oferecia a cada um nozes-de-cola, essa pequena moeda da civilidade guineana.

Agora só restava avermelhar a joia dentro de um pouco de água com cloro e sal marinho. Eu podia desaparecer, a festa tinha terminado! Mas volta e meia, quando eu saía da oficina, minha mãe, que estava no quintal triturando milho ou arroz, me chamava.

— Onde você estava? — ela dizia, embora soubesse perfeitamente.

— Na oficina.

— Sim, seu pai trabalhava o ouro. O ouro! Sempre o ouro!

E dava furiosas pancadas de pilão sobre o milho ou o arroz, que não aguentavam mais.

— Seu pai está arruinando a saúde! É isso o que seu pai está fazendo!

— Ele dançou a "douga" — eu dizia.

— A "douga"! Não é a "douga" que o impedirá de estragar os olhos! E você, seria melhor que fosse brincar no quintal em vez de respirar a poeira e a fumaça dentro da oficina!

Minha mãe não gostava que meu pai trabalhasse o ouro. Sabia como a solda do ouro é nociva: um joalheiro esgota seus pulmões ao soprar no maçarico, e seus olhos sofrem muito com a proximidade da fornalha; talvez seus olhos sofram mais ainda com a precisão microscópica do trabalho. E mesmo que não fosse nada disso, minha mãe não gostava muito desse tipo de trabalho: desconfiava, pois não se solda ouro sem o auxílio de outros metais, e minha mãe pensava que não é estritamente honesto conservar o ouro economizado na liga, embora isso fosse admitido, e embora ela aceitasse, quando levava algodão para tecer, receber de volta apenas uma peça de algodão com um peso reduzido à metade.

3

Eu costumava ir passar uns dias em Tindican, uma aldeia-zinha a oeste de Kouroussa. Minha mãe nascera em Tindican, e a mãe e os irmãos dela continuavam a morar lá. Eu voltava lá com extremo prazer, pois todos gostavam muito de mim, me paparicavam, especialmente minha avó, para quem minha chegada era uma festa; eu a adorava, de todo coração. Ela era uma mulher alta de cabelos sempre pretos, magra, muito ereta, robusta, ainda moça, para falar a verdade, e que não tinha deixado de participar das tarefas na fazenda, embora seus filhos, que eram suficientes para o trabalho, tentassem dispensá-la; mas ela não queria saber do repouso que lhe ofe-reciam, e talvez o segredo de seu vigor estivesse nessa ativida-de contínua. Perdera o marido muito cedo, cedo demais, não o conheci. De vez em quando me falava dele, mas nunca por muito tempo: as lágrimas logo interrompiam o relato, tanto que não sei nada de meu avô, nada que o descreva um pouco a meus olhos, pois nem minha mãe nem meus tios me falavam dele — entre nós, não se fala dos defuntos a quem amamos muito; ficamos com o coração apertado demais assim que evo-camos a lembrança deles.

Quando eu ia a Tindican, era o meu tio mais jovem que vinha me buscar. Ele era mais novo que minha mãe e mal saíra da adolescência; por isso, parecia ainda muito próximo de mim. Era naturalmente gentil, e minha mãe não precisava lhe recomendar que me vigiasse: ele o fazia com espontaneidade. Pegava-me pela mão, e eu ia andando ao seu lado; atento ao fato de que eu era muito garoto, ele diminuía os passos, de tal forma que em vez de levar duas horas para chegar a Tindican, levávamos facilmente quatro, mas eu nem percebia a extensão do trajeto, pois maravilhas de todo tipo o pontilhavam.

Digo "maravilhas" porque Kouroussa já é uma cidade, e lá não assistíamos ao espetáculo que vemos nos campos e que, para uma criança urbana, é sempre maravilhoso. À medida que avançávamos pela estrada, desentocávamos uma lebre aqui, um javali acolá, e os pássaros levantavam voo numa barulheira de asas; às vezes também encontrávamos um grupo de macacos; eu sempre sentia um pequeno aperto no coração, como se ficasse mais surpreso que o próprio bicho que abruptamente percebia nossa aproximação. Vendo meu prazer, meu tio apanhava umas pedras e jogava-as longe, ou batia no mato alto com um galho morto para melhor desentocar os animais. Eu o imitava, mas nunca por muito tempo: à tarde, o sol brilhava violentamente na savana; e eu voltava a enfiar minha mão na do meu tio. Novamente íamos andando, sossegados.

— Não está muito cansado? — ele me perguntava.

— Não.

— Podemos descansar um pouco, se quiser.

Escolhia uma árvore, uma sumaúma ou uma nerê cuja sombra lhe parecia suficientemente densa, e nos sentávamos. Ele me contava as últimas notícias da fazenda: os nascimentos, a compra de um animal, o desbravamento de um novo campo ou os estragos dos javalis, mas eram sobretudo os nascimentos que despertavam meu interesse.

— Nasceu um bezerro — ele dizia.

— De quem? — eu perguntava, pois conhecia cada bicho do rebanho.

— Da branca.

— A que tem os chifres em forma de meia-lua?

— Essa mesmo.

— Ah! E o bezerro, como ele é?

— Lindo! Lindo! Com uma estrela branca na testa.

— Uma estrela?

— É, uma estrela.

E por um instante eu sonhava com essa estrela, eu via a estrela. Um bezerro com uma estrela era algo que dava vontade de ser um tocador de rebanho.

— Puxa vida, ele deve ser muito bonito! — eu dizia.

— Não dá para imaginar nada mais bonito. Tem orelhas tão cor-de-rosa que a gente chega a pensar que são transparentes.

— Estou louco para vê-lo! Vamos vê-lo ao chegar?

— Com certeza.

— Mas você vai me acompanhar?

— Claro, seu medroso!

Sim, eu tinha medo dos grandes bichos chifrudos. Meus amiguinhos de Tindican se aproximavam deles de qualquer jeito, penduravam-se nos chifres, chegavam até a pular em suas costas; eu me mantinha à distância. Quando eu ia para o mato com o rebanho, olhava os bichos pastarem, mas não me aproximava muito; gostava deles, porém seus chifres me intimidavam. Os bezerros não tinham chifres, mas faziam movimentos bruscos, inesperados: não era possível fiar-se muito neles.

—Venha! — eu dizia a meu tio. — Já descansamos bastante.

Eu tinha pressa de chegar. Se o bezerro ainda estivesse no cercado, eu poderia acariciá-lo: dentro do cercado os bezerros estavam sempre calmos. Eu poria um pouco de sal na palma da mão e o bezerro viria lamber, eu sentiria a língua dele raspar suavemente em minha mão.

—Vamos apressar o passo! — eu dizia.

Mas minhas pernas não aguentavam tanta pressa e desaceleravam; continuávamos nosso caminho calmamente, passeávamos. Meu tio contava como o macaco fazia para tapear a pantera que se preparava para devorá-lo, ou como o esquilo africano tinha feito a hiena esperar à toa uma noite inteira. Eram histórias ouvidas já cem vezes, mas que sempre me davam prazer; meus risos assustavam os bichos diante de nós.

Antes mesmo de chegar a Tindican, eu avistava minha avó, que vinha ao nosso encontro. Largava a mão de meu tio e corria para ela, gritando. Ela me levantava e me apertava, e eu me comprimia contra seu peito, abraçando-a, louco de felicidade.

— Como vai você, meu maridinho? — ela dizia.

— Bem! — eu gritava. — Bem!

— Bem mesmo?

Ela olhava para mim, me tocava; avaliava se eu estava bochechudo e me apalpava para ver se eu tinha algo além da pele sobre os ossos. Se o exame a satisfazia, me felicitava; mas quando suas mãos só encontravam magreza — o crescimento me emagrecia — ela gemia.

—Vejam só isso! — dizia. — Então na cidade não se come? Você não vai voltar antes de se recuperar como deve. Estamos entendidos?

— Sim, vovó.

— E sua mãe? E seu pai? Estão todos bem em casa?

E esperava que eu lhe desse notícias de cada um, antes de me pôr de novo no chão.

— O trajeto não o cansou muito? — perguntava a meu tio.

— Que nada! — dizia meu tio. — Andamos como tartarugas, e ele está pronto para correr tão depressa como uma lebre.

Então, já quase sossegada, ela pegava minha mão e partíamos para a aldeia, fazíamos nossa entrada na aldeia, eu entre minha avó e meu tio, com minhas mãos nas mãos deles. E assim que chegávamos aos primeiros casebres, minha avó gritava:

— Pessoal, olhem meu maridinho que chegou!

As mulheres saíam de seus casebres a corriam até nós, exclamando alegremente.

— Mas é um homenzinho de verdade! — gritavam. — Esse aí é realmente um maridinho!

Muitas me levantavam do chão para me apertar contra o peito. Elas também examinavam meu rosto, meu rosto e minhas roupas, que eram roupas da cidade, e declaravam que tudo era esplêndido, diziam que minha avó tinha muita sorte de ter um maridinho assim como eu. Chegavam de todo lado, de todo lado vinham me receber; sim, como se o chefe do cantão em pessoa tivesse entrado em Tindican; e minha avó ficava radiante de tanta alegria.

Assim assediados em cada casebre, respondendo à exuberância das comadres, dando notícias de meus pais, precisávamos, folgadamente, de duas horas para percorrer os cerca de cem ou duzentos metros que separavam o casebre de minha avó dos primeiros casebres que encontrávamos. E quando essas excelentes mulheres nos deixavam, era para vigiar o cozimento dos enormes pratos de arroz e galinha, que elas não demorariam a nos trazer para o banquete à noite.

Mesmo que eu chegasse a Tindican magro como um esqueleto, tinha a certeza de sair de lá, dez dias depois, muito gordinho e vendendo saúde.

A concessão de meu tio era vasta. Era muito menos povoada que a nossa, não tinha a mesma importância, mas estendia-se generosamente, como é comum no campo, onde espaço é o que não falta. Havia os cercados para as vacas, para as cabras; havia os celeiros para o arroz e o milho, para a mandioca e o amendoim, para o quiabo, casebrezinhos erguidos sobre bases de pedra para preservar os víveres da umidade. Excetuando esses cercados e celeiros, a concessão de meu tio pouco se diferenciava da nossa; apenas a cerca que a protegia era mais robusta: em vez de bambus trançados, foram usadas, para construí-la, sólidas estacas de madeira cortadas na floresta ali perto; quanto aos casebres, não eram construídos diferentemente dos nossos, mas eram mais primitivos.

Sendo o primogênito, meu tio Lansana herdara a concessão na morte de meu avô. Na verdade, meu tio tinha um irmão gêmeo com quem poderia ter disputado a herança, mas Lansana foi o primeiro a vir ao mundo; e entre nós, considera-se o mais velho o gêmeo que nasce primeiro. De vez em quando, esse direito de primogenitura sofre alguma deformação, pois é comum um dos gêmeos se impor mais e, não tendo nascido primeiro, qualificar-se ainda assim como o herdeiro.

No caso de meus tios, talvez o segundo gêmeo tenha sido aquele que se impôs, já que não lhe faltava prestígio nem autoridade, mas ele nem sequer pensava nisso: tinha pouco gosto pela terra, e raramente o viam em Tindican; estava um dia aqui, um dia ali; na verdade só o acaso e suas espaçadas visitas faziam com que se soubesse onde andava; tinha no sangue o gosto da aventura. Quanto a mim, só o encontrei uma vez: ele voltara a Tindican, passara uns dias ali e já pensava em ir embora de novo. Guardei a lembrança de um homem extremamente sedutor e que falava muito, que não parava de falar, e que ninguém se cansava de escutar. Contava suas aventuras, que eram estranhas, de outras terras, que me abriam horizontes surpreendentes. Cobriu-me de presentes. Teria feito aqueles gastos especialmente para o estudante que eu era, ou apenas obedecia à sua natureza? Não sei. Quando o vi partir mais uma vez para novas aventuras, chorei. Qual era o nome dele? Não me lembro mais; talvez jamais o tenha sabido. Chamei-o de Bo durante os poucos dias que ele ficara em Tindican, e era o nome que também dava a meu tio Lansana, pois os gêmeos costumam ser chamados assim, e na maioria das vezes esse apelido apaga o nome verdadeiro deles.

Meu tio Lansana ainda tinha outros dois irmãos, dos quais um era recém-casado; o caçula, aquele que ia me buscar em Kouroussa, embora fosse noivo, ainda era muito moço para se casar. Assim, duas famílias, ainda não muito numerosas, moravam na concessão, além de minha avó e de meu tio caçula. Geralmente, quando eu chegava à tarde, meu tio Lansana ainda estava trabalhando nos campos, e era no casebre de minha avó que eu entrava primeiro, o mesmo casebre que, durante minha temporada, eu ocuparia o tempo todo.

Dentro, esse casebre se parecia muito com aquele que eu dividia com minha mãe em Kouroussa; eu via a mesma cabaça onde minha mãe guardava o leite, identicamente pendurada no teto por três cordas para que nenhum bicho chegasse perto, identicamente coberta para impedir que a fuligem caísse ali dentro. O que tornava o casebre singular para mim eram as espigas de milho que, na altura do teto, pendiam em inúmeras coroas que diminuíam conforme se aproximavam do topo; a fumaça do fogão não parava de enfumaçar as espigas, mantendo-as, assim, fora do alcance dos cupins e dos mosquitos. Essas coroas também poderiam servir como um calendário rústico, pois, à medida que o tempo da nova colheita se aproximava, elas iam ficando menos numerosas e finalmente desapareciam.

Mas, então, mal eu entrava no casebre, mal punha ali minhas roupas, minha avó julgava que a primeira coisa a fazer, depois do caminho de Kouroussa a Tindican, era me lavar; ela me queria limpo, embora não tivesse ilusões sobre a duração dessa limpeza, mas pelo menos era sob esse signo que queria que começasse a minha temporada; e me levava imediatamente para o lavadouro, um pequeno cercado perto do casebre, rodeado de caniços e pavimentado com pedras largas. Ela retirava a vasilha do fogão, despejava água numa cabaça e, depois de deixá-la em boa temperatura, levava-a para o lavadouro. Ensaboava-me da cabeça aos pés com sabão preto e depois me esfregava, não sem energia, com uma esponja de fibra macia extraída de árvores. Eu saía resplandecente do lavadouro, com o sangue revigorado e a pele brilhante, o cabelo bem preto, e corria para me secar na frente do fogo.

Meus amigos de brincadeiras estavam ali, me esperando.

— Então, você voltou? — eles diziam.

—Voltei.

— Por muito tempo?

— Por um tempinho.

Dependendo se eu estava magro ou gordo — pois eles também davam a maior importância à aparência —, e no mais das vezes estava magro, eu ouvia:

— Puxa, você está bem à beça!

— É — eu dizia, modestamente.

Ou:

—Você não está gordo!

— Estou crescendo — eu dizia. — Quando a gente cresce não pode ficar gordo.

— Não. Mesmo assim você não está gordinho.

E havia um tempo de silêncio, pois todos refletiam sobre esse crescimento, que emagrece mais as crianças da cidade do que as crianças do campo. Depois disso, normalmente um deles exclamava:

— Este ano a gente está vendo um bocado de pássaros nos campos!

Mas era assim todo ano: sempre havia um monte de pássaros que devoravam os campos, e sempre éramos nós, as crianças, que tínhamos como principal tarefa caçá-los.

— Eu tenho o meu estilingue — eu dizia.

Eu o levara comigo, me esforçava para não esquecê-lo, e agora, não o largava, fosse no pasto com o gado, fosse no alto dos mirantes de onde se vigiavam as colheitas.

Os mirantes ocupam um lugar importante nas minhas temporadas em Tindican: por toda parte encontrávamos essas plataformas montadas sobre estacas pontudas que pareciam carregadas pelos movimentos ondulantes das plantações. Meus amigos e eu escalávamos a escada que levava até o alto e com o estilingue caçávamos os pássaros, às vezes os macacos que vinham saquear os campos. Pelo menos era essa a nossa missão, e a cumpríamos sem reclamar, bem mais por prazer que por obrigação; mas de vez em quando, envolvidos em outras brincadeiras, também esquecíamos o motivo pelo qual estávamos ali, e senão para mim, pelo menos para meus amiguinhos a coisa não se passava sem problemas: os pais deles logo percebiam que o campo não tinha sido vigiado, e então, dependendo da extensão do estrago, era ou uma bronca barulhenta ou o chicote que lembrava aos espiões distraídos que precisavam ser vigilantes; assim, devidamente esclarecidos, ficávamos de olho nas colheitas, ainda que fizéssemos confidências apaixonantes, que os ouvidos dos adultos não deviam ouvir, e que no mais das vezes eram o relato de rapinas pueris; via de regra, nossos gritos e cantos bastavam para afastar os pássaros, inclusive os queleas de bico vermelho que se lançavam em bandos compactos.

Meus companheiros eram muito gentis. Eram excelentes amigos, de verdade, corajosos, mais corajosos que eu com toda certeza, e até um bocado temerários, mas aceitavam moderar o ímpeto inato em respeito ao menino da cidade que eu era, e ainda tinham muita consideração por esse garoto que ia partilhar com eles suas brincadeiras do campo; e admiravam eternamente meus hábitos de menino que ia à escola.

Assim que eu me secava diante do fogo, tornava a pôr aquelas roupas. Com olhos ávidos, meus colegas me observavam vestir a camisa cáqui de mangas curtas, enfiar uma calça do mesmo tom e calçar as sandálias. Eu também tinha uma boina, que não usava. Mas isso bastava: eram muitos esplendores para deslumbrar os pequenos interioranos que tinham apenas uma calça curta para vestir. Eu, porém, invejava a calça deles, que lhes dava maior liberdade. Essas roupas da cidade, que eu precisava manter limpas, me atrapalhavam muito: sujavam, rasgavam. Quando subíamos nos mirantes, eu precisava tomar cuidado para que não enroscassem nos degraus; quando estávamos no mirante, precisava ficar a uma boa distância das espigas recém-cortadas, postas ali para servir de sementes e conservadas ao abrigo dos cupins. E quando acendíamos uma fogueira para assar os lagartos ou os pequenos esquilos que tínhamos matado com os estilingues, eu não podia me aproximar muito, nem me arriscar a tirar as tripas do produto de nossa caça: o sangue iria manchar minhas roupas, as cinzas as deixariam pretas; tinha de vê-los esvaziar os lagartos e os pequenos esquilos, recheá-los de sal antes de colocá-los na brasa; até para degustá-los era preciso tomar precauções de todo tipo.

Por isso, teria me livrado de bom grado daquelas roupas de estudante, que só eram boas mesmo para a cidade; e para falar a verdade já teria me livrado delas se tivesse outra coisa para vestir, mas só tinha comigo aquelas roupas, não me davam outras; ali, pelo menos, podia sujá-las e rasgá-las sem que ralhassem comigo: minha avó as lavava e as remendava sem maiores comentários; eu tinha ido lá para correr, para brincar, para trepar nos mirantes e me perder no matagal junto com os rebanhos, e, naturalmente, não podia fazer isso sem estragar aquelas roupas preciosas.

Quando caía a noite, meu tio Lansana voltava dos campos. Recebia-me a seu jeito, que era um jeito tímido. Falava pouco. Quem trabalha nos campos o dia todo facilmente se torna calado; fica remoendo todo tipo de pensamento, dando voltas e recomeçando, interminavelmente, pois os pensamentos nunca se deixam penetrar de vez; esse mutismo das coisas, das razões profundas das coisas, leva ao silêncio; mas basta essas coisas terem sido evocadas, e sua impenetrabilidade reconhecida, para que delas fique um reflexo nos olhos: o olhar de meu tio Lansana era singularmente penetrante quando pousava em alguma coisa; na verdade, era raro que pousasse em alguma coisa, permanecia fixo nesse sonho interior perseguido indefinidamente nos campos.

Quando as refeições nos reuniam, eu costumava dirigir os olhos para o lado de meu tio, e em geral, um instante depois, conseguia encontrar seu olhar; esse olhar me sorria, pois meu tio era a bondade em pessoa, e além disso me adorava; ele me adorava, creio, tanto quanto minha avó; eu respondia a seu sorriso discreto e às vezes eu, que já comia muito devagar, esquecia de comer.

— Não está comendo? — perguntava minha avó.

— Sim, sim, estou comendo — eu respondia.

— Bem — dizia minha avó. — Tem que comer tudo!

Mas, naturalmente, não era possível esvaziar todos os pratos de carne e de arroz que tinham acumulado para esse banquete da alegre chegada; e não era que meus companheiros não ajudassem com todos os seus dentes: tinham sido convidados e compareciam na maior alegria, com um apetite de jovens lobos; mas era demais, decididamente era demais: não era possível dar cabo de tal refeição.

— Veja a minha barriga, como está redonda! — eu me ouvia dizendo.

Sim, as barrigas estavam redondas, e sentados perto do fogo, uma trabalhosa digestão nos teria levado ao sono se nosso sangue fosse menos vigoroso. Mas nós, as crianças, devíamos ter uma conversinha, uma conversinha igual aos adultos; ficávamos semanas sem nos vermos, às vezes meses, e tínhamos tantas coisas para falar, tantas histórias novas para contar, e aquela era a hora!

Histórias, é claro, todos conhecíamos, conhecíamos quantidades delas, mas ali no meio das pessoas havia sempre aquelas que íamos ouvir pela primeira vez, e eram essas que, ao redor do fogo, esperávamos impacientemente, eram os contadores dessas histórias que esperávamos para aplaudir.

Assim eu terminava o primeiro dia no campo, a não ser que eu corresse para ouvir algum tam-tam,[*] mas não havia festa toda noite: em Tindican, o tam-tam não ressoa toda noite.

---

[*] Tipo de tambor africano. (N. T.)

4

Em dezembro eu sempre ia para Tindican. Dezembro é a estação seca, a bela estação, e é a época da colheita do arroz. Todo ano eu era convidado para essa colheita, que é uma grande e alegre festa, e eu esperava impaciente que meu jovem tio viesse me buscar.

Evidentemente, a festa não caía em data fixa: dependia da maturação do arroz, que, por sua vez, dependia do céu, da boa vontade do céu. Talvez dependesse mais ainda da vontade dos gênios do solo, que a gente não podia deixar de consultar. Se a resposta fosse favorável, na véspera da colheita bastava pedir a esses mesmos gênios um céu sereno e sua benevolência para os apanhadores expostos às picadas das cobras.

Ao chegar o dia, quando despontava a aurora, cada chefe de família partia para cortar o primeiro feixe de seu campo. Assim que esses feixes eram colhidos, o tam-tam dava o sinal da ceifa. Esse era o costume. Eu não saberia dizer na época por que faziam daquele modo, por que o sinal só era dado depois que um feixe fosse retirado de cada campo; só sabia que era o costume e não procurava ir além. Esse costume, como todos os nossos costumes, devia ter uma razão, que poderia facilmente ser descoberta junto aos moradores antigos da aldeia, no fundo do coração e da memória dos idosos; mas na época eu não tinha idade nem curiosidade de interrogar os velhos, e quando finalmente alcancei essa idade, não estava mais na África.

Hoje me inclino a crer que esses primeiros feixes retiravam dos campos sua inviolabilidade; mas não guardo a lembrança de que tivessem uma destinação especial, não me lembro de oferendas. Às vezes, só o espírito das tradições sobrevive, só a forma, o envelope, permanece como sua única expressão. O que ocorria nesse caso? Não posso julgar; se minhas temporadas em Tindican eram frequentes, não eram tão longas a ponto de eu conseguir descobrir tudo. Sei apenas que o tam-tam só tocava quando os primeiros feixes eram cortados e que esperávamos febrilmente o sinal, tanto pela pressa em começar o trabalho como para escapar da sombra fresca demais das grandes árvores e do ar cortante da aurora.

Dado o sinal, os ceifadores pegavam a estrada e eu me misturava a eles, andava igual a eles, no ritmo do tam-tam. Os jovens lançavam suas foices para o ar e as agarravam no voo, soltavam uivos, gritavam, a bem da verdade, pelo prazer de gritar, esboçavam passos de dança no séquito dos tocadores de tam-tam. E mesmo que eu quisesse ser bem-comportado e acatar as recomendações de minha avó, que dizia para não me misturar demais com esses malabaristas, certamente seria incapaz de me manter à distância, tamanha era a exultação que havia nos malabarismos, nas foices rodopiando atingidas por clarões súbitos de sol, tamanha era a alegria da atmosfera e a vivacidade dos tam-tans.

Além disso, na estação em que estávamos não era possível ficar à distância. Em dezembro, tudo está em flor e tudo cheira bem; tudo é novo; a primavera parece se unir ao verão, e o campo, por muito tempo alagado, por muito tempo sobrecarregado de nuvens cinzentas, por toda parte vai à forra e explode; nunca o céu fica mais claro, mais resplandecente; os pássaros cantam, se inebriam; a alegria está em toda parte, em toda parte ela explode e em cada coração ela ressoa. Era essa estação, a mais bela estação, que me dilatava o peito, e o tam-tam também, confesso, e o ar de festa que tinha nossa marcha; era a bela estação e tudo o que ela contém — e o que não contém, mas espalha à profusão! — que me fazia dançar de alegria.

Ao chegar ao campo que seria ceifado em primeiro lugar, os homens se enfileiravam na entrada, torso nu e foice pronta. Meu tio Lansana, ou outro camponês — pois a colheita se fazia em grupo e cada um emprestava seus braços para a colheita de todos —, os convidava então a iniciar o trabalho. Logo os torsos negros se curvavam sobre a grande área dourada e as foices começavam a ceifa. Já não era apenas a brisa matinal que fazia o campo estremecer; eram os homens, eram as foices.

Essas foices iam e vinham com uma rapidez e uma precisão que surpreendiam. Deviam cortar o caule da espiga entre o último nó e a última folha, que seria colhida; pois elas nunca falhavam! Sem dúvida, o ceifador era importante nessa exatidão: ele segurava a espiga com a mão e a oferecia ao fio da foice, e colhia uma espiga após outra; mas o fato é que a presteza com que a foice ia e vinha era surpreendente. Como se não bastasse, cada trabalhador considerava questão de honra ceifar com segurança e com a maior celeridade; avançava com um feixe de espigas na mão, e era pelo número e pela importância dos feixes que seus pares o avaliavam.

Meu jovem tio era maravilhoso nessa colheita do arroz: ultrapassava os melhores. Eu o seguia passo a passo, orgulhoso, e recebia de suas mãos os maços de espigas. Com elas na mão, eu tirava as folhas dos caules e os igualava, depois arrumava as espigas em montes; tomava o maior cuidado para não as sacudir demais, pois só se colhe o arroz muito maduro, e se a espiga for sacudida por descuido, soltará parte de seus grãos.

Eu não amarrava os feixes que formava: esse já era trabalho de homem; mas tinha autorização para levar o feixe amarrado e depositá-lo no meio do campo.

À medida que a manhã avançava, o calor ia aumentando, adquiria uma espécie de vibração e espessura, uma consistência à qual se juntava um véu de fina poeira, resultado da terra pisada e da palha remexida. Meu tio, então, enxugando com a mão o suor da testa e do peito, pedia sua moringa. Eu corria para buscá-la debaixo das folhas, onde repousava ao fresco, e a entregava a ele.

—Você vai deixar um pouco para mim? — eu perguntava.

— Não vou beber tudo, ora essa!

Eu o olhava dar grandes goles, virando a cabeça para trás.

—Vamos! Agora está muito melhor — ele dizia me devolvendo a moringa. — Essa poeira acaba grudando na garganta.

Punha meus lábios na moringa e o frescor da água escorria dentro de mim, irradiava subitamente dentro de mim; mas era um frescor enganoso: passava depressa e, depois, eu ficava com o corpo encharcado de suor.

— Tire a camisa — dizia meu tio. — Ela está ensopada. Não é bom manter a roupa molhada sobre o peito.

E ele recomeçava o trabalho, e eu o seguia novamente passo a passo, orgulhoso por ocuparmos o primeiro lugar.

— Não está cansado? — eu perguntava.

— Por que estaria cansado?

— A sua foice vai tão depressa.

—Vai, sim.

— Somos os primeiros!

— Ah, é?

— Mas você sabe disso muito bem! — eu falava. — Por que diz "ah, é?"?

— Não vou me vangloriar, ora essa!

— Não.

E eu ficava pensando se um dia não poderia imitá-lo, igualá-lo, um dia.

— Você vai me deixar ceifar também?

— E a sua avó? O que diria a sua avó? Essa foice não é brinquedo; você não sabe como ela é afiada!

— Estou vendo.

— E então? Ceifar não é trabalho para você. Acho que nunca será trabalho para você; mais tarde...

Não gostava que ele me afastasse assim do trabalho dos campos. "Mais tarde...", por que esse "mais tarde..."? Eu achava que também poderia ser um ceifador, um ceifador como os outros, um camponês como os outros. Será que...

— Ei, está sonhando? — dizia meu tio.

E eu pegava o feixe de espigas que ele me entregava, tirava as folhas dos caules, igualava os caules. Era verdade que eu sonhava: minha vida não era ali... e tampouco era na forja do meu pai. Mas onde seria minha vida? Eu tremia diante dessa vida desconhecida. Não teria sido mais simples seguir a mesma vida de meu pai? "A escola... a escola", eu pensava, "será que gosto tanto da escola?" Mas talvez a preferisse. Meus tios... Sim, eu tinha tios que muito simplesmente seguiram o trabalho do pai; tinha outros que abriram novos caminhos; os irmãos de meu pai partiram para Conacri, o irmão gêmeo de meu tio Lansana estava... Onde estava atualmente?

— E então, continua sonhando? — dizia meu jovem tio.

— Sim... Não... Eu...

— Se continuar a sonhar, vamos deixar de ser os primeiros.

— Eu pensava no outro tio Bo. Onde ele está agora?

— Só Deus sabe! Na última visita, estava... Ih, nem eu mesmo sei mais onde estava! Nunca está no mesmo lugar, ele é como o pássaro: não pode ficar na árvore, precisa do céu inteiro!

— E eu também serei, um dia, igual ao pássaro?

— O que é que você está falando?

— Pois é! Você diz que meu segundo tio Bo é igual ao pássaro.

— Gostaria de ser igual a ele?

— Não sei.

— Em todo caso, ainda tem tempo de pensar. Enquanto isso, pegue o feixe.

E ele reiniciava a colheita; embora seu corpo pingasse, ele a retomava como se acabasse de começar, com a mesma coragem. O calor, porém, pesava, o ar pesava; e o cansaço se insinuava: os goles de água não bastavam para afastá-lo, por isso o combatíamos cantando.

— Cante conosco — dizia meu tio.

O tam-tam, que nos seguia à medida que avançávamos no campo, ritmava as vozes. Cantávamos em coro, em geral muito alto, com grandes arroubos, e às vezes bem baixinho, tão baixo que mal se podia ouvir; e nosso cansaço ia embora, o calor amainava.

Quando eu suspendia a marcha por um instante e dirigia os olhos para os apanhadores, para a longa fila dos apanhadores, ficava impressionado, deliciosamente impressionado, deliciosamente radiante com a doçura, a imensa, a infinita doçura de seus olhos, com os olhares serenos — e não é demais dizer distantes, quase ausentes! — que lançavam de vez em quando em torno de si. No entanto, embora me parecessem a léguas de seu trabalho, embora seus olhares estivessem a léguas de seu trabalho, a habilidade não falhava; as mãos, as foices prosseguiam os movimentos, infalíveis.

Na verdade, o que aqueles olhos miravam? Não sei. Os arredores? Talvez. Talvez as árvores ao longe, o céu muito distante. Talvez não. Talvez aqueles olhos não vissem nada; talvez fosse por não olhar nada de visível que ficavam tão distantes, quase ausentes. A longa fila ceifadora se embrenhava no campo, derrubava o campo; não bastava? Não bastava esse esforço e esses torsos negros diante dos quais as espigas se inclinavam?

Nossos homens cantavam, ceifavam; cantavam em coro, ceifavam juntos; suas vozes se harmonizavam, seus gestos se harmonizavam; estavam juntos! — unidos num mesmo trabalho, unidos por um mesmo canto. A mesma alma os ligava, os unia; cada um e todos saboreavam o prazer, o mesmo prazer de realizar uma tarefa comum.

Seria esse prazer, bem mais que a luta contra o cansaço e o calor, que os animava, que fazia eles se derramarem na cantoria? Visivelmente era esse prazer; e também era o mesmo prazer que punha em seus olhos tanta doçura, toda essa doçura que me impressionava, que me deixava deliciosa e um pouco dolorosamente impressionado, pois estava perto deles, estava com eles, estava nessa grande doçura, mas não estava inteiramente com eles: era apenas um estudante em visita — e como teria me esquecido disso de bom grado!

Na verdade, eu esquecia, ainda era muito criança e esquecia; tudo o que cruzava meu espírito — e tantas coisas cruzavam meu espírito — em geral durava menos e era menos consistente que as nuvens que cruzavam o céu; e eu ainda estava na idade — mas continuo nessa idade! — em que a gente vive antes de tudo no presente, em que o fato de ocupar o primeiro lugar numa fila de ceifadores tinha mais importância que meu próprio futuro.

— Apresse-se! — eu dizia a meu tio.

— Ah, então você acordou? — ele dizia.

— É, mas não perca tempo!

— E estou perdendo?

— Não, mas poderia perder. Não estamos mais tão na frente.

— Você acha?

E ele dava uma olhada para a colheita.

— É isso que você chama não estar mais tão na frente? — ele dizia. — Pois bem! Com toda certeza não perdi tempo, mas talvez agora seja melhor perder um pouco. Não esqueça que também não devo me distanciar muito dos outros: não seria cortês.

Não sei de onde vem que a ideia de que rusticidade — uso a palavra na sua acepção de falta de delicadeza, de fineza — se liga ao campo; lá as formas de civilidade são mais respeitadas que na cidade; lá se observa um tom cerimonioso e maneiras que a cidade, mais diligente, não conhece. No campo, é a vida, apenas a vida, que é mais simples; já as trocas entre os homens — talvez porque todo mundo se conheça — são muito mais reguladas. Em tudo o que as pessoas faziam, eu observava uma dignidade cujo exemplo nem sempre encontrava na cidade; e ninguém fazia nada sem antes ser convidado a fazer, mesmo quando parecia óbvio que se devesse fazer; na verdade, no campo as pessoas mostravam extraordinária preocupação com a liberdade dos outros. E se o espírito parecia mais lento era porque a reflexão precedia a palavra, mas em compensação a palavra tinha um peso maior.

Quando era quase meio-dia, as mulheres saíam da aldeia e se dirigiam em fila para a lavoura, carregadas de pratos fumegantes de cuscuz. Assim que notávamos sua presença, as saudávamos aos gritos. Meio-dia! Era meio-dia! E em toda a extensão do campo o trabalho era interrompido.

— Venha! — dizia meu jovem tio. — Venha!

E eu galopava atrás dele.

— Não corra tanto! — eu pedia. — Não consigo segui-lo!

— Não está com a barriga vazia? — ele me dizia. — A minha está tão vazia que caberia um boi aqui dentro!

E de fato o apetite era admiravelmente grande. Por mais que o calor fosse forte, e o campo, com sua poeira e sua vibração, estivesse um forno, nem por isso a fome diminuía: sentávamos em volta dos pratos, e o cuscuz escaldante, mais quente ainda por causa dos temperos, desaparecia, era devorado, engolido, com a ajuda da água fresca que pegávamos nos grandes jarros cobertos com folhas de bananeira.

A trégua se prolongava até as duas da tarde, e os homens a passavam dormindo à sombra das árvores ou afiando as foices. Quanto a nós, incansáveis, brincávamos, íamos montar armadilhas; fazíamos uma barulheira, como era nosso costume, mas evitávamos assobiar, pois não se deve assobiar nem apanhar lenha morta durante todo o tempo que dura a colheita: são coisas que atraem desgraça para o campo.

O trabalho da tarde, muito mais curto, passava rápido como uma flecha: davam cinco horas e a gente nem percebia. Agora a grande superfície estava despojada de sua riqueza, e voltávamos em cortejo para a aldeia — as grandes paineiras e a fumaça trêmula dos casebres já nos faziam sinais —, precedidos pelo incansável tocador de tam-tam e lançando para todos os ecos a canção do arroz.

Acima de nós as andorinhas já voavam mais baixo; ainda que o ar continuasse transparente, o fim do dia se aproximava. Voltávamos felizes, cansados e felizes. Os gênios tinham nos auxiliado o tempo todo: nem um só de nós fora mordido pelas cobras desentocadas por nosso pisotear nos campos. As flores, que a chegada da noite despertava, exalavam novamente todo seu perfume e nos envolviam como guirlandas frescas. Se nosso canto tivesse sido menos poderoso, teríamos percebido o barulho familiar dos finais de dia: os gritos, os risos estridentes misturados com os longos mugidos dos rebanhos voltando para o cercado; mas cantávamos, cantávamos! Ah, como éramos felizes nesses dias!

5

Em Kouroussa, eu morava no casebre de minha mãe. Meus irmãos mais novos e minhas irmãs — a mais velha tinha um ano menos que eu — dormiam na casa de minha avó paterna. Assim exigia a pequenez dos casebres. Somente enquanto amamentava, minha mãe ficou com minhas irmãs e meus irmãos perto de si; uma vez desmamados — o costume é desmamar muito tarde —, foram entregues à minha avó; só eu fiquei com ela. Mas não era o único a ocupar a segunda cama do casebre: eu a dividia com os aprendizes mais moços de meu pai.

Meu pai tinha sempre muitos aprendizes na oficina, que vinham de toda parte, às vezes de muito longe, primeiro porque ele os tratava bem, acho eu, mas sobretudo por causa de sua habilidade de artesão, que era amplamente conhecida, e também, imagino, porque sua forja nunca ficava sem trabalho. Mas era preciso alojar esses aprendizes.

Os que já eram homens-feitos possuíam seu próprio casebre. Os mais moços, que como eu não eram circuncidados, dormiam no casebre de minha mãe. Provavelmente meu pai julgava que o melhor alojamento que eles poderiam ter era sob a vigilância de minha mãe, e estava certíssimo; minha mãe tinha imensa bondade, imensa retidão, imensa autoridade também, e vivia de olho em tudo; sua bondade, porém, não se exercia sem severidade, o que não podia ser diferente, pois na época éramos, além dos aprendizes, uma dezena de crianças a correr de um canto a outro da concessão, crianças não muito comportadas e sempre travessas, crianças que submetiam a paciência de minha mãe a duras provas — e minha mãe não tinha muita paciência.

Acho que era mais paciente com os aprendizes que conosco; acho que se constrangia mais com os aprendizes que conosco. Esses aprendizes estavam longe dos pais, e minha mãe e meu pai também lhes davam grande afeto; realmente, eram tratados como crianças que precisavam de um afeto maior e — notei mais de uma vez — recebiam mais indulgência que nós mesmos. Se eu ocupava uma parte maior no coração de minha mãe — e com certeza ocupava —, externamente não parecia: os aprendizes podiam se imaginar em pé de igualdade com os filhos verdadeiros; e quanto a mim, eu os considerava irmãos mais velhos.

Guardo a lembrança de um deles em especial: Sidafa. Era um pouco mais velho que eu, muito esperto, magro e vivo, já de sangue quente, fértil em invenções e em expedientes de todo tipo. Como eu passava meus dias na escola e ele na oficina, o melhor momento em que nos encontrávamos para conversar era na cama. No casebre, o ar era morno e as lamparinas a óleo na cabeceira da cama espalhavam uma luz muito suave. Eu repetia a Sidafa o que tinha aprendido na escola; em troca, ele me narrava em detalhes o trabalho da oficina. Minha mãe, cuja cama só era separada da nossa pelo fogo, escutava necessariamente nossa conversa; pelo menos escutava por algum tempo, pois em seguida, não participando, acabava por se cansar.

— Mas então é para conversar ou para dormir que vocês vão para a cama? — ela dizia. — Durmam!

— Mais um momentinho — eu dizia —, ainda não contei tudo.

Ou então eu me levantava e ia dar um gole no *canari*,* posto no seco sobre seu leito de cascalho. Mas nem sempre ela nos dava a prorrogação que eu pedia, e quando dava, abusávamos tanto que minha mãe intervinha mais energicamente.

—Vamos logo acabar com isso? — ela dizia. — Não quero ouvir nem mais um pio! Amanhã vocês não vão conseguir acordar, nem um nem outro.

O que era verdade. Se nunca tínhamos muita pressa para dormir, tampouco tínhamos pressa para acordar; e interrompíamos nossa conversa, pois as camas eram muito próximas e o ouvido de minha mãe muito fino para que continuássemos em voz baixa. E então, quando nos calávamos, logo sentíamos nossas pálpebras pesarem; o crepitar do fogo e o calor dos lençóis faziam o resto: caíamos no sono.

Ao acordar, depois de resistir um pouco, encontrávamos pronta a refeição matinal. Minha mãe se levantava com os primeiros clarões da aurora para prepará-la. Todos sentávamos em volta dos pratos fumegantes: meus pais, minhas irmãs, meus irmãos e os aprendizes, tanto os que dividiam minha cama como os que tinham seu próprio casebre. Havia um prato para os homens e um outro para minha mãe e minhas irmãs.

Não posso dizer propriamente que era minha mãe que presidia a refeição: meu pai o fazia. Mas era a presença de minha mãe que primeiro se fazia sentir. Seria porque ela preparara a comida, porque as refeições são coisas que dizem respeito às mulheres em primeiro lugar? Certamente, mas não só: era minha mãe, apenas por sua presença e mesmo não sentando bem diante do nosso prato, que cuidava para que tudo se passasse segundo as regras; e essas regras eram rígidas.

Assim, eu era proibido de levantar os olhos para os convivas mais velhos e também não podia conversar: toda a mi-

---

* Recipiente com capacidade de quinze a vinte litros em que se cozinham cereais para a preparação de bebidas fermentadas. (N. T.)

nha atenção devia estar concentrada na refeição. De fato, seria muito pouco cortês conversar naquele momento; nem mesmo meus irmãos ignoravam que não era hora de tagarelar: era hora de honrar a comida; as pessoas mais velhas observavam praticamente o mesmo silêncio. Não havia apenas essas regras: as que diziam respeito à limpeza também eram importantes. Por fim, se havia carne no meio da mesa, eu não devia pegá-la; devia me servir apenas do que havia diante de mim, meu pai se encarregaria de pôr a carne a meu alcance. Qualquer outro comportamento seria malvisto e rapidamente reprimido; aliás, as refeições eram suficientemente fartas para que eu fosse tentado a pegar mais do que recebia.

Terminada a refeição, eu dizia:

— Obrigado, papai.

Os aprendizes diziam:

— Obrigado, mestre.

Depois, eu me inclinava diante de minha mãe e lhe dizia:

— A comida estava boa, mamãe.

Meus irmãos, minhas irmãs e os aprendizes faziam o mesmo. Meus pais respondiam a cada um: "Obrigado". Essa era a boa regra. Meu pai certamente não gostaria de vê-la transgredida, mas era minha mãe, mais viva, que reprimiria a transgressão; meu pai tinha o espírito em seu trabalho, deixava essas prerrogativas para minha mãe.

Sei que essa autoridade que minha mãe demonstrava pode parecer surpreendente; via de regra imagina-se que é ridículo o papel da mulher africana, e na verdade há regiões em que ele é insignificante, mas a África é grande, tão diversa quanto grande. Na nossa terra, o costume tem a ver com uma independência profunda, com um orgulho inato; só se submete quem se deixa submeter, e as mulheres se deixam submeter muito pouco. Meu pai, por sua vez, não pensava em submeter pessoa alguma, principalmente minha mãe; ele tinha grande respeito por ela, todos tínhamos grande respeito por ela, nossos vizinhos também, nossos amigos também. Creio que o motivo era a própria personalidade da minha mãe, que se impunha; mas tinha a ver também com seus poderes.

Hesito um pouco em dizer quais eram esses poderes e nem quero descrever todos eles: sei que o relato será recebido com ceticismo. Eu mesmo, quando hoje acontece de rememorá-los, já não sei muito bem como devo interpretá-los: parecem-me inacreditáveis; são inacreditáveis! No entanto, basta me lembrar do que vi, do que meus olhos viram. Posso recusar o testemunho de meus olhos? Essas coisas inacreditáveis, eu as vi: revejo-as como as via. Não há, em toda parte, coisas que não se explicam? Em nossa terra há uma infinidade de coisas que não explicamos, e minha mãe tinha muita familiaridade com elas.

Certa vez — no final do dia —, vi pessoas solicitarem a autoridade de minha mãe para fazer se levantar um cavalo que permanecia insensível a todas as injunções. O animal estava no pasto, deitado, e seu dono queria levá-lo de volta para o cercado antes de anoitecer; mas o cavalo se negava obstinadamente a se levantar, embora aparentemente não houvesse nenhuma razão para não obedecer, mas era o seu capricho do momento, a menos que um sortilégio o estivesse imobilizando. Ouvi as pessoas se queixarem com minha mãe e lhe pedirem ajuda.

— Muito bem! Vamos ver esse cavalo — disse minha mãe.

Chamou a mais velha de minhas irmãs e lhe disse para vigiar as panelas no fogo; depois saiu com as pessoas. Eu a segui. Chegando ao pasto, vimos o cavalo: estava deitado na grama e nos olhava com indiferença. Seu dono ainda tentou fazer ele se levantar, adulou-o, mas o cavalo continuava surdo; então o dono se preparou para bater nele.

— Não bata — disse minha mãe —, não vai adiantar nada.

Ela avançou e, levantando a mão, disse solenemente:

— Se é verdade que, desde que nasci, nunca conheci nenhum homem antes de meu casamento; se também é verdade que, desde meu casamento, nunca conheci outro homem além de meu marido, levante-se, cavalo!

E logo vimos o cavalo se levantar e seguir seu dono docilmente. Digo apenas, fielmente, o que vi, o que meus olhos viram, e, de fato, penso que é inacreditável, mas a coisa é exatamente como eu disse: o cavalo se levantou de imediato e seguiu seu dono; se tivesse se negado a avançar, a intervenção de minha mãe teria tido efeito parecido.

De onde vinham esses poderes? Bem, minha mãe tinha nascido logo depois de meus tios gêmeos de Tindican. Ora, dizem que os irmãos gêmeos nascem mais perspicazes que as outras crianças, quase feiticeiros; o filho que vem logo em seguida, chamado "sayon" ou "seguinte aos gêmeos", também é dotado do dom da feitiçaria; e é até mesmo considerado ainda mais temível, mais misterioso que os gêmeos, junto aos quais desempenha um papel muito importante: caso os gêmeos tenham um desentendimento, é à autoridade dele que se recorrerá para arbitrar entre os dois; na verdade, atribui-se a ele uma sabedoria superior à dos gêmeos, um nível superior; e está claro que suas intervenções são sempre, necessariamente, delicadas.

Segundo nosso costume, os gêmeos devem estar de acordo em tudo, e eles têm direito a uma igualdade mais estrita que as outras crianças: não se dá nada a um que não se deva dar logo, e obrigatoriamente, ao outro. É uma obrigação que deve ser levada a sério: se infringida, os gêmeos sentem igualmente a injúria, acertam a situação entre eles e, caso necessário, jogam um sortilégio sobre quem lhes faltou. Caso surja entre eles alguma contestação — um, por exemplo, fez um projeto que o outro considera insensato —, apelam para o irmão imediatamente mais novo e aceitam facilmente a sua decisão.

Ignoro se minha mãe teve de intervir com frequência junto a meus tios gêmeos, mas, mesmo que suas intervenções tenham sido raras, devem ter levado minha mãe muito cedo a pesar os prós e os contras, a formar seu julgamento; por isso se diz que o mais moço tem mais sabedoria que os gêmeos, o que se explica: o mais moço assume responsabilidades mais pesadas que os gêmeos.

Dei um exemplo dos poderes de minha mãe; poderia dar outros, muito mais estranhos, muito mais misteriosos. Quantas vezes não vi minha mãe, no raiar do dia, dar uns passos no quintal, virando a cabeça nessa ou naquela direção e depois gritando com voz forte:

— Se esse negócio continuar, não demorarei a revelá-lo! Fique sabendo!

Sua voz, de manhãzinha, chegava longe; ia bater no jogador de sortilégios contra quem a ameaça tinha sido proferida; ele compreendia que, se não parasse com suas manobras noturnas, minha mãe denunciaria seu nome, claramente, e esse temor dava resultado: dali em diante o jogador de sortilégios ficava calado. Minha mãe era avisada dessas manobras durante o sono; era por isso que nunca a acordavam, temendo interromper o desenrolar de seus sonhos e das revelações que neles ocorriam. Esse poder era muito conhecido de nossos vizinhos e de todo o nosso bairro; não havia ninguém que o contestasse.

Mas o poder da minha mãe não ia além do dom de ver o que se tramava de mau e a possibilidade de denunciar seu autor: seu dom de feitiçaria não lhe permitia, se ela quisesse, tramar nada pessoalmente. Por isso ela não era suspeita. Se as pessoas se mostravam amáveis com ela, não era, de modo algum, por temor: mostravam-se amáveis porque a consideravam digna dessa amabilidade, porque respeitavam um dom que não era preciso temer e, pelo contrário, do qual havia muito o que esperar. Essa amabilidade era muito diferente daquela que as pessoas costumavam dispensar, meio a contragosto, aos que jogam os feitiços.

A esse dom, ou melhor, a esse meio dom de feitiçaria, minha mãe somava outros poderes que também foram herdados. Seu pai, em Tindican, fora um hábil ferreiro, e minha mãe detinha os poderes habituais dessa casta, de onde saem a maioria dos responsáveis pelas circuncisões e inúmeros adivinhos de coisas escondidas. Os irmãos de minha mãe escolheram se tornar cultivadores, e só dependia deles continuar ou não o ofício do pai. Talvez meu tio Lansana, que falava pouco, que sonhava muito, tivesse desviado os irmãos da forja paterna, ao optar pela vida camponesa, pela imensa paz dos campos. Não sei, mas isso me parece bastante provável. Será que também era um adivinho de coisas escondidas? Inclino-me a crer: tinha os poderes costumeiros dos gêmeos e os poderes de sua casta, mas não acredito que os manifestasse muito. Já disse como era reservado, como gostava de ficar sozinho com seus pensamentos, como me parecia ausente; não, não era homem de se manifestar. Era em minha mãe que o espírito de sua casta revivia mais visivelmente — eu ia dizer ostensivamente. Não pretendo que ela lhe fosse mais fiel que meus tios, mas era a única a demonstrar sua fidelidade. Por fim, tinha, é claro, herdado o totem de meu avô, que é o crocodilo. Esse totem permitia a todos os Dâman pegar impunemente água no rio Niger.

Em tempos normais, todo mundo se abastece de água no rio. O Niger corre largo, preguiçoso; forma um vau; e os crocodilos, que ficam nas águas profundas, não são motivo de temor nem quando o rio baixa, nem quando sobe no local onde as pessoas se abastecem. Todos podem se banhar livremente perto dos bancos de areia clara e lavar a roupa.

Na época da cheia, as coisas são diferentes: o rio triplica de volume, invade largas extensões; por todo lado a água é profunda e os crocodilos são ameaçadores: suas cabeças triangulares são vistas na superfície da água. Por isso todos se mantêm à distância do rio e se contentam em pegar água nos pequenos afluentes.

Minha mãe continuava a pegar água no rio. Eu a via se abastecer perto dos crocodilos. Evidentemente, olhava de longe, pois meu totem não é o de minha mãe, e eu tinha muito que temer diante desses bichos vorazes; mas minha mãe pegava água sem medo e ninguém a avisava do perigo, pois todos sabiam que para ela não havia perigo. Qualquer um que se arriscasse a fazer o mesmo teria sido inevitavelmente derrubado por uma pancada da cauda do bicho, agarrado em seus terríveis maxilares e arrastado para a profundeza. Mas os crocodilos não podiam fazer mal à minha mãe, e compreende-se esse privilégio: há identidade entre o totem e seu possuidor; essa identidade é absoluta, é tamanha que o possuidor tem o poder de assumir a própria forma de seu totem; por conseguinte, é óbvio que o totem não pode devorar a si próprio. Meus tios de Tindican gozavam da mesma prerrogativa.

Não quero dizer mais nada e só relatei o que meus olhos viram. Hoje penso nesses prodígios — na verdade, eram prodígios! —, como em acontecimentos fabulosos de um passado distante. Esse passado, porém, está bem perto: data de ontem. Mas o mundo se mexe, o mundo muda, e o meu talvez mais depressa que qualquer outro, e assim parece que deixamos de ser o que éramos, que na verdade não somos mais o que éramos e que já não éramos exatamente nós mesmos quando esses prodígios se realizavam diante de nossos olhos. Sim, o mundo muda, o mundo se mexe; muda e se mexe de tal maneira que meu próprio totem — também tenho meu totem — me é desconhecido.

6

Frequentei a escola desde muito cedo. Comecei indo à escola corânica; depois, um pouco mais tarde, entrei para a escola francesa. Na época eu ignorava totalmente o fato de que iria ficar ali anos e anos, e com toda certeza minha mãe também não sabia, pois se tivesse adivinhado teria me mantido perto de si; talvez meu pai já soubesse...

Logo depois da refeição matinal, minha irmã e eu pegávamos o caminho da escola, com nossos cadernos e nossos livros fechados numa pasta de ráfia.

No caminho, alguns colegas iam se juntando a nós; quanto mais nos aproximávamos do prédio oficial, mais nosso bando aumentava. Minha irmã se juntava ao grupo das meninas; eu ficava com os meninos. Como todos os moleques da região, gostávamos de zombar das meninas e mexer com elas; as meninas não hesitavam em nos devolver as caçoadas e a cair na gargalhada na cara da gente. Mas quando puxávamos o cabelo delas, aí abandonavam as graçolas e se defendiam com unhas e dentes, fartamente, arranhando com força, nos xingando com mais força ainda e com uma infinita variedade de palavras, sem que nosso ardor diminuísse por tão pouco. Eu só poupava minha irmã, e ela, em troca, também me tratava bem. Fanta, uma colega dela, fazia o mesmo, embora eu não a poupasse.

— Por que você puxa o meu cabelo? — ela perguntou um dia em que estávamos sozinhos no pátio da escola.

— Por que não puxaria? — respondi. — Você é uma garota!

— Mas eu nunca xinguei você!

— Não, você não me xinga — eu disse.

E fiquei um instante pensativo: até então, não tinha me dado conta de que ela era a única, além da minha irmã, que nunca tinha me xingado.

— Por que não me xinga? — perguntei.

— Porque não!

— Porque não? Isso não é resposta. O que quer dizer?

— Mesmo que você puxasse o meu cabelo agora eu não xingaria você.

— Então vou puxar! — eu disse.

Mas por que eu puxaria? A gente só fazia isso quando estava em grupo. Como não executei a ameaça, ela caiu na risada.

— Você vai ver quando a gente estiver no caminho da escola! — eu disse. —Você não perde por esperar!

Ela escapou rindo. Mas eu, no caminho da escola, não sei o que me segurava, e geralmente poupava Fanta. Minha irmã não demorou a perceber.

—Você não costuma puxar o cabelo de Fanta — ela disse.

— Por que você quer que eu puxe o cabelo dela? — perguntei. — Ela não me xinga.

— Pensa que não notei?

— Então você também sabe por que eu poupo Fanta.

— Ah, é mesmo? — ela disse. — É só por isso?

O que ela queria dizer? Dei de ombros: eram histórias de garotas, histórias das quais eu não entendia nada. Todas as meninas eram assim.

— Deixe-me em paz, esquece a Fanta! — eu disse. — Você me chateia!

Mas ela começou a rir, às gargalhadas.

— Escute, se você continuar a rir... — eu disse.

Ela se afastou até ficar bem longe de mim e depois gritou de repente:

— Fanta!... Fanta!...

—Você não vai calar a boca? — eu disse.

Mas ela recomeçou a todo vapor, eu me levantei, e ela fugiu gritando:

— Fanta!... Fanta!...

Olhei ao redor em busca de uma pedra para jogar nela, não encontrei. "Mais tarde a gente acerta essa história", pensei.

Na escola, íamos para nossos lugares, meninos e meninas misturados, reconciliados, e mal nos sentávamos, ficávamos muito atentos, imóveis, e o professor podia dar sua aula num silêncio impressionante. E pior para nós se ficássemos nos mexendo! Nosso professor era muito inquieto: não parava no lugar; estava aqui, ali, estava em toda parte ao mesmo tempo; e sua eloquência atordoaria alunos menos atentos que nós. Mas éramos extraordinariamente atentos, e não porque éramos forçados: para todos, por mais jovens que fôssemos, o estudo era coisa séria, apaixonante; tudo que aprendíamos era exótico, inesperado, como se viesse de outro planeta; e nunca nos cansávamos de ouvir. Se fosse diferente, o silêncio não seria menos absoluto sob a autoridade de um mestre que parecia estar em todo lugar ao mesmo tempo e não dava a ninguém oportunidade de se distrair. Mas já disse: a ideia de distração sequer passava pelas nossas cabeças; e também evitávamos ao máximo chamar a atenção do mestre: vivíamos no eterno temor de ter que ir ao quadro-negro.

Esse quadro-negro era nosso pesadelo: seu espelho sombrio refletia exatamente nosso saber. E esse saber costumava ser tênue; mesmo quando não era, mostrava-se frágil; qualquer coisa o abalava. Ora, se não queríamos ser gratificados com uma dura sova de bastão, o negócio era, com o giz na mão, pagar à vista. É que ali o menor detalhe tinha importância: o desgraçado do quadro-negro ampliava tudo. E na verdade, bastava uma perninha de nossa letra sair diferente das outras, para que fôssemos convidados ou a ter lição extra no domingo, ou a fazer uma visita ao mestre durante o recreio, numa aula que chamávamos de aula infantil e na qual recebíamos um castigo no traseiro para sempre memorável. Nosso mestre tinha especial horror às letras com pernas irregulares: ele examinava com lupa nossos deveres, e depois nos dava bastonadas em igual número das irregularidades encontradas. Ora, lembro que esse homem era muito agitado e manejava o bastão com alegre vigor!

Na época, esse era o costume para os alunos da turma menor. Mais tarde, o bastão ia rareando, mas para dar lugar a formas de punição não mais divertidas. Na verdade, conheci uma grande quantidade de castigos nessa escola, mas nenhuma variedade em matéria de desprazer; era preciso que o desejo de aprender estivesse pregado ao corpo para resistir a um tratamento semelhante.

O castigo mais banal, no segundo ano, consistia em varrer o pátio. Era nesse momento que a gente percebia como aquele pátio era enorme e como eram abundantes as goiabeiras ali plantadas; a gente podia jurar que aquelas goiabeiras só estavam lá para sujar o chão com suas folhas e reservar suas frutas exclusivamente para outras bocas que não as nossas. No terceiro e no quarto anos, punham a gente para trabalhar na horta; mais tarde cheguei à conclusão que dificilmente teriam encontrado mão de obra mais barata. Por fim, nos dois últimos anos, os que nos garantem o certificado de estudos, confiavam-nos — com uma solicitude que facilmente teríamos dispensado — a vigilância do rebanho da escola.

Essa vigilância não era brincadeira! Decerto não havia, em léguas ao redor, um rebanho menos tranquilo que o da escola. Bastava um lavrador possuir um animal manhoso, e tínhamos certeza de ver o bicho se juntar ao nosso rebanho; o que se explica — o que ao menos a sovinice explica! —, pois o lavrador, é claro, não tinha outra preocupação senão a de se livrar do animal, e necessariamente se livrar dele por um preço baixíssimo; a escola, por sua vez, aproveitava a pretensa pechincha. Assim, nossa escola possuía a mais singular, a mais variada, a mais completa coleção de animais que davam chifradas traiçoeiras ou que escapavam para a esquerda quando os chamávamos para a direita.

Esses animais galopavam alucinados pelo mato, como se um enxame os atormentasse o tempo todo, e nós galopávamos atrás deles por distâncias inacreditáveis. Curiosamente, pareciam mais inclinados a se dispersar ou a brigar entre si do que a procurar alimento. Mas essa característica não era um bom negócio para nós: sabíamos que, na volta, iriam comparar a curvatura do ventre com o capim tosquiado pelo rebanho; e ai de nós se o ventre desses animais esqueléticos não aparecesse suficientemente arredondado!

E ai de nós, e em escala bem mais inquietante, se faltasse uma cabeça nesse rebanho dos diabos! À noite, perdíamos o fôlego até reunir os animais; fazíamos isso a golpes redobrados de vara, o que não melhorava muito as coisas, creio, e com toda certeza não melhorava o temperamento desses bichos caprichosos; depois os levávamos para beberem água à vontade, para compensar o pouco volume que o capim ocupava em seus estômagos. Regressávamos exaustos; e não é preciso dizer que nenhum de nós teria a audácia de voltar para a escola sem ter reunido o rebanho inteiro; era melhor não pensar o que nos custaria uma cabeça perdida!

Essas eram nossas relações com os mestres, esse era ao menos seu aspecto sombrio, e evidentemente vivíamos apressados para concluir nossa vida de aluno, apressados para conseguir o quanto antes o famoso certificado de estudos que, no final das contas, devia nos consagrar como "sábios".

Mas quando penso no que os alunos do último ano nos faziam suportar, parece-me ainda não ter dito nada desse lado sombrio de nossa vida de estudante. Esses alunos — recuso-me a chamá-los de "colegas" —, por serem mais velhos que nós, mais fortes que nós e menos vigiados, nos perseguiam de todas as maneiras. Era o jeito de se darem importância — teriam eles algum dia importância maior? — e talvez, concordo, um modo também de se vingarem do tratamento que eles mesmos recebiam: o excesso de severidade não serve propriamente para desenvolver muito os bons sentimentos.

Lembro-me — minhas mãos, as pontas de meus dedos se lembram! — do que nos esperava no início do ano letivo. As goiabeiras do pátio exibiam uma folhagem novinha, mas a antiga estava amontoada no chão; em alguns lugares era mais que um amontoado: era uma lama de folhas!

— Vocês vão limpar isso! — dizia o diretor. — Quero que fique limpo imediatamente!

Imediatamente? Ali era necessário muito trabalho, um tremendo trabalho, para mais de uma semana! Ainda mais porque, em matéria de instrumentos, tínhamos apenas nossas mãos, nossos dedos, nossas unhas.

— Cuidem para que tudo seja executado prontamente — dizia o diretor aos maiores, do último ano —, senão terão de se haver comigo!

Então nos alinhávamos sob o comando dos maiores — nos alinhávamos como fazem os camponeses, quando ceifam ou limpam seus campos — e nos entregávamos a esse trabalho de condenados. No pátio, a coisa ainda ia: tinha espaço entre as goiabeiras. Mas havia um cercado onde as árvores misturavam e imbricavam furiosamente seus galhos, onde o sol não chegava até o chão e de onde vinha um cheiro acre de mofo, mesmo na primavera.

Vendo que o trabalho não avançava como queria o diretor, os maiores, em vez de dar duro como nós, achavam mais cômodo arrancar os galhos das árvores e nos bater com eles. Esse pau de goiabeira era mais flexível do que desejaríamos; bem manejado, ele zunia ferozmente, era como fogo que caía em nosso lombo. A pele ardia terrivelmente, as lágrimas jorravam dos olhos e caíam sobre o monte de folhas podres.

Para fugir dos golpes, não tínhamos outra escapatória senão entregar para nossos carrascos os deliciosos bolinhos de milho e de trigo e o cuscuz de carne ou de peixe que trazíamos para o almoço; e se ainda possuíamos uns trocadinhos, as moedas pulavam de bolso imediatamente. Se não fazíamos isso, se temêssemos ficar de barriga e bolso vazios, os golpes redobravam; na verdade, redobravam com tamanha profusão e num ritmo tão endiabrado que até um surdo entenderia que, se eles vinham tão fartamente, não era apenas para ativar nossas mãos, mas também, e sobretudo, para nos extorquir comida e dinheiro.

Se, cansado dessa crueldade calculada, um de nós tinha a audácia de se queixar, o diretor castigava o culpado, naturalmente, mas com uma punição sempre leve, tão leve que não podia compensar o que tínhamos sofrido. E o fato é que nossas queixas em nada modificavam nossa situação. Talvez o melhor que tínhamos a fazer fosse informar nossos pais, mas não pensávamos nisso; não sei se nos calávamos por solidariedade ou amor-próprio, porém hoje vejo muito bem que nos calávamos estupidamente, pois essas humilhações iam numa direção que contradiz, que se opõe ao que há em nós de mais intrínseco e mais sensível: nossa paixão pela independência e pela igualdade.

Certo dia, porém, Kouyaté Karamoko, um de meus colegas que acabava de ser brutalmente fustigado, declarou bem alto que estava farto e que isso tinha que mudar. Kouyaté era pequenininho, magrinho, tão magrinho e tão pequeno que dizíamos que com certeza seu estômago era como um minúsculo estômago de passarinho, uma moela. Kouyaté, para completar, não fazia nada para desenvolver sua moela ou o que quer que lhe servia de estômago: só gostava de comidas ácidas, de frutas; na hora do almoço, só ficava satisfeito se trocasse seu cuscuz por goiabas, laranjas ou limões. Mas se Kouyaté tinha que se privar até mesmo de frutas, era evidente que sua moela, ou o que fosse, acabaria se transformando em alguma coisa menor ainda: um estômago de inseto, por exemplo. Os maiores, com suas repetidas exigências, o obrigavam a um jejum severo. Foi o gosto pelas frutas, e um pouco também as lanhadas em suas nádegas, que naquele dia fizeram Kouyaté se revoltar.

— Não aguento mais! — ele me dizia entre lágrimas e fungando. — Está entendendo? Estou farto! Vou me queixar ao meu pai!

— Fique calmo — eu lhe dizia. — Isso não vai adiantar nada.

— Você acha?

— Pense bem! Os grandes…

Mas não me deixou terminar.

— Vou contar! — ele gritou.

— Não grite tão alto!

Estávamos na mesma fila, e ele estava mais perto de mim, e eu temia que ainda atraísse um maior pra cima dele.

— Então você não conhece meu pai? — ele disse.

— Mas claro, conheço.

O pai de Kouyaté era o venerável quimbanda da região. Era um letrado, bem recebido em toda parte, mas que não exercia sua profissão; uma espécie de quimbanda de honra, porém muito apaixonado por sua casta.

— Seu pai já está velho — eu disse.

— Ele é forte! — disse Kouyaté, orgulhoso.

E reaprumou sua franzina pessoa.

— Você é muito engraçado! — eu disse.

Mas então ele começou a choramingar.

— Está bem, faça como quiser! — concluí.

No dia seguinte, Kouyaté, assim que chegou cedo ao pátio da escola, interpelou Himourana, o maior que, na véspera, o tinha brutalizado ferozmente.

— Meu pai — disse ele — quer que eu lhe apresente o aluno do último ano que faz mais gentilezas comigo. Imediatamente pensei em você. Pode vir partilhar nosso jantar esta noite?

— Claro! — disse Himourana, que era tão estúpido quanto brutal, e provavelmente tão guloso quanto estúpido.

À noite, na hora combinada, o pateta do Himourana se apresentou na concessão de Kouyaté. Ora, essa concessão é uma das mais bem protegidas de Kouroussa: só tem uma porta, e a cerca, em vez de ser de palha trançada, é de adobe e guarnecida, no alto, de cacos de garrafa; é uma concessão onde não se entra e de onde não se sai senão com a autorização do dono da casa. O pai de Kouyaté foi pessoalmente abrir a porta e, depois, quando Himourana já estava dentro, ele a trancou com cuidado.

— Faça o obséquio de instalar-se no pátio — disse. — A família toda o espera.

Himourana, depois de uma olhada nas panelas, que lhe pareceram cheias de promessas e suculência, foi se sentar entre a família e se maravilhou com a ideia dos cumprimentos que iam lhe dirigir. Mas então Kouyaté se levantou abruptamente e apontou o dedo para ele.

— Pai — disse —, este é o grandão que não para de me bater e de tirar minha comida e meu dinheiro!

— Pois bem! Pois bem! Muito bonito! — disse o pai de Kouyaté. — É verdade mesmo o que você me diz aí?

— Por Alá! — disse Kouyaté.

— Então é verdade — disse o pai.

E virou-se para Himourana:

— Meu senhorzinho, acho que é chegada a hora de se explicar. Teria algo a alegar? Então faça depressa: tenho pouco tempo a lhe oferecer, mas quero lhe dar esse pouco tempo, sem regatear.

Tivesse um raio caído a seus pés, Himourana não teria ficado mais atrapalhado; certamente não ouviu uma palavra do que o pai de Kouyaté lhe dizia. Assim que se recuperou um pouco da surpresa, a única ideia que teve foi fugir; e ao que parece era a melhor ideia que podia ter, mas só mesmo sendo um bobo como Himourana para imaginar ser possível escapar de uma concessão tão bem guardada. Na verdade, Himourana não deu dez passos antes de ser pego.

— Agora, meu rapaz — disse o pai de Kouyaté —, ouça bem o que vou lhe dizer: ponha na cabeça de uma vez por todas, não mando meu filho à escola para que você faça dele o seu escravo!

E no mesmo instante — tudo tinha sido minuciosamente combinado —, apesar de seus gritos, Himourana se viu agarrado pelos pés e pelos braços, levantado do chão e mantido a uma altura adequada, enquanto o pai de Kouyaté trabalhava metodicamente o chicote em seu lombo. Depois deixaram-no partir com sua vergonha e seu traseiro em brasa.

No dia seguinte, na escola, a história do castigo de Himourana se espalhou como rastilho de pólvora. Mais exatamente, virou um escândalo. Isso era tão diferente do que se havia praticado até então que ninguém era capaz de admiti-lo, e todos se sentiam vingados pelo gesto do pai de Kouyaté. Quanto aos maiores dos dois últimos anos, eles se reuniram e resolveram que Kouyaté, assim como sua irmã Mariama, seriam postos em quarentena, e exigiram que aplicássemos a mesma quarentena ao nosso pequeno companheiro; mas evitaram tocar em Kouyaté ou em sua irmã, e assim a fraqueza deles apareceu bruscamente, mesmo aos mais cegos entre nós: sentimos de repente que uma época tinha terminado e nos preparamos para respirar o ar da liberdade.

Na hora do almoço, fui até Kouyaté, decidido a desafiar a proibição dos grandes.

— Tome cuidado — disse Kouyaté —, eles podem bater em você.

— Estou pouco ligando para eles! — eu disse.

Eu tinha as laranjas de meu almoço e entreguei a ele.

— Obrigado — ele disse —, mas vá embora, temo por você.

Não tive tempo de responder: avistei vários alunos maiores que se dirigiam para nós e hesitei um instante, sem saber muito bem se devia fugir ou desafiá-los; resolvi desafiá-los: já não tinha começado? De repente senti minha cabeça rodar debaixo dos tapas e saí em disparada. Só parei no final do pátio, e comecei a chorar, tanto de raiva como de dor. Quando me acalmei um pouco, vi Fanta perto de mim.

— O que você veio fazer aqui? — perguntei.

— Trouxe um bolinho para você — ela disse.

Peguei-o e comi sem quase me dar conta do que comia, embora a mãe de Fanta fosse famosa por fazer os melhores bolinhos. Levantei-me e fui beber água, e aproveitei a ocasião para molhar um pouco o rosto. Depois voltei para me sentar.

— Não gosto que você se sente perto de mim quando eu choro — disse.

— Você estava chorando? — ela perguntou. — Não vi que chorava.

Olhei para ela um momento. Mentia. Por que mentia? Visivelmente só mentia para poupar meu amor-próprio, e sorri para ela.

— Quer mais um bolinho? — ela disse.

— Não — respondi. — Não consigo comer mais nenhum: estou com o coração negro de raiva. Você não?

— Eu também — ela disse.

E subitamente ficou com lágrimas nos olhos.

— Ah, eu os odeio! — eu disse. — Não imagina como os odeio! Escute: vou sair desta escola. Vou tratar de crescer depressa, e depois voltarei e darei cem pauladas por cada uma que recebi!

— Isso mesmo — ela disse. — Cem pauladas por cada uma!

E parou de chorar; olhava-me com admiração.

À noite, fui encontrar meu pai no alpendre.

— Pai, não quero mais ir à escola.

— O quê? — disse meu pai.

— Não — eu disse.

Mas desde a manhã o escândalo tivera tempo de dar a volta pelas concessões de Kouroussa.

— O que está acontecendo nessa escola? — disse meu pai.

— Tenho medo dos grandes — eu disse.

— Achava que você não tinha medo de ninguém.

— Mas tenho medo dos grandes!

— O que fazem com você?

— Eles me tiram tudo! Pegam meu dinheiro e comem minhas refeições.

— Ah, é? — disse meu pai. — E batem em você?

— Batem.

— Pois bem! Amanhã vou dizer uma palavrinha a esses piratas. Está bem assim?

— Está, pai.

Na manhã seguinte, meu pai e seus aprendizes se instalaram comigo diante da porta da escola. Toda vez que um maior se aproximava, meu pai me perguntava:

— É este?

Eu dizia não, embora muitos deles tivessem me batido e me roubado; eu esperava que aparecesse aquele que tinha me batido mais violentamente. Quando o vi, disse em voz alta:

— Na verdade, foi aquele lá que mais me bateu!

Logo os aprendizes se jogaram em cima dele e o despojaram num passe de mágica, e o maltrataram a tal ponto que meu pai teve de arrancá-lo de suas mãos. Então meu pai disse ao garoto grande que olhava para ele de olhos espantados:

— Terei uma conversa a seu respeito com o diretor para saber se, nesta escola, os maiores só estão aqui para bater nos menores e roubar o dinheiro deles.

Nesse dia não se cumpriu a quarentena: Kouyaté e a irmã se misturaram conosco sem que nenhum dos grandes elevasse a voz ou fizesse o menor sinal. Será que já se instaurava um novo clima? Pelo visto, sim. Os grandes estavam reunidos em seu canto. E porque nos mantínhamos longe deles, e porque éramos mais numerosos, era o caso de perguntar se dessa vez não eram os grandes que estavam de quarentena; o mal-estar deles era evidente. Na verdade, a situação estava longe de ser divertida para eles: seus pais ignoravam as extorsões e a violência que praticavam; se descobrissem, e agora era bem possível que isso acontecesse, os grandes deviam esperar reprimendas que, dependendo do caso, seriam acompanhadas de castigos.

À tarde, na hora da saída, meu pai veio como tinha anunciado. O diretor estava no pátio, cercado pelos professores. Meu pai se dirigiu a ele e, sem sequer se dar ao trabalho de cumprimentá-lo, disse:

— Sabe o que acontece na sua escola?

— Nada que não seja muito correto, com certeza — disse o diretor.

— Ah! É o que você pensa? — disse meu pai. — Então não sabe que os maiores batem nos pequenos, extorquem dinheiro deles e comem as refeições deles? Você é cego ou faz de propósito?

— Não se meta no que não é da sua conta! — disse o diretor.

— Isso não é da minha conta? — disse meu pai. — Não me diz respeito que aqui se trate meu filho como a um escravo?

— Não!

— Eis uma palavra que você não deveria ter pronunciado! — disse meu pai.

E partiu para cima do diretor.

—Você espera me espancar assim como seus aprendizes espancaram um de meus alunos de manhã? — gritou o diretor.

E ele lançou os punhos para a frente; mas, embora fosse mais forte, era gordo, e sua gordura mais o atrapalhava que ajudava; e meu pai, que era magro e ágil, não teve trabalho em se esquivar de seus punhos e partir duramente para cima dele. Não sei muito bem como a coisa terminaria se os assistentes não os tivessem separado, pois meu pai derrubou o diretor e o surrou nervosamente.

Agora o diretor apalpava as faces e não dizia mais uma palavra. Meu pai tirou a poeira dos joelhos, depois me pegou pela mão. Saiu do pátio da escola sem cumprimentar ninguém; voltei orgulhoso para a nossa concessão em sua companhia. Mas à noitinha, quando fui dar uma volta na cidade, ouvi, ao passar, as pessoas dizendo:

— Olhem! Este é o aluno cujo pai foi surrar o diretor na própria escola!

E subitamente me senti menos orgulhoso: esse escândalo não era comparável ao que o pai de Kouyaté armara; acontecera na frente dos professores, na frente dos alunos, e o diretor em pessoa tinha sido a vítima. Não, esse escândalo não era o mesmo, de jeito nenhum; e pensei que, depois disso, eu bem poderia ser expulso da escola. Voltei correndo para a nossa concessão e disse a meu pai:

— Por que você bateu nele? Agora com certeza não vão mais querer saber de mim na escola.

— Você não me disse que não queria mais ir? — disse meu pai.

E riu ruidosamente.

— Pai, não há motivo para rir! — eu disse.

— Durma sossegado, seu bobo. Se amanhã não ouvirmos o ronco de uma certa motoneta diante da porta da concessão, darei queixa na administração da associação.

Mas meu pai não precisou formular sua queixa, e eu não fui expulso, pois no dia seguinte, um pouco antes de cair a noite, a motoneta do diretor roncava diante da porta da concessão. O diretor entrou, e todos, meu pai e os outros, foram ao seu encontro, dizendo amavelmente:

— Boa noite, senhor.

Ofereceram uma cadeira ao diretor, e meu pai e ele se sentaram, enquanto, diante de um gesto dele, nós nos retiramos e os observamos de longe. A conversa me pareceu das mais amistosas, e na verdade foi, pois desde então minha irmã e eu fomos dispensados de todos os trabalhos pesados.

Mas nem por isso o escândalo foi abafado: poucos meses depois, uma queixa coletiva dos pais obrigou o diretor a mudar de posto. Aconteceu que nesse meio-tempo correra o rumor de que o diretor empregava alguns alunos como criados de suas mulheres; essas crianças haviam sido confiadas a ele para que tivessem um tratamento especial e alojamento, e por isso ele tinha sido pago com a doação de bois. Ignoro o que aconteceu exatamente; sei apenas que foi a gota d'água que fez transbordar o copo, e que os alunos do último ano pararam de nos humilhar.

7

Eu crescia. Chegara a minha hora de entrar para a associação dos não iniciados. Essa sociedade meio misteriosa — na época, a meu ver, muito misteriosa, embora pouco secreta — reunia todos os garotos, todos os não circuncidados de doze, treze ou catorze anos, e era dirigida pelos mais velhos a quem chamávamos de grandes "Kondén". Entrei nela numa noite que precedia o Ramadã.

Desde o pôr do sol, o tam-tam começara a tocar e, embora afastado, embora tocando num bairro distante, suas batidas logo chegaram até mim, me atingiram bem no peito, em pleno coração, como se Kodoké, o melhor de nossos tocadores, tivesse tocado só para mim. Um pouco mais tarde, percebi as vozes agudas das crianças acompanhando o tam-tam com seus gritos e cantos... Sim, para mim chegara a hora, a hora era essa!

Era a primeira vez que eu passava a festa do Ramadã em Kouroussa; até então, minha avó sempre exigira que eu passasse com ela, em Tindican. Durante toda a manhã, e mais ainda à tarde, eu vivi nessa agitação, todos trabalhando nos preparativos da festa, uns esbarrando nos outros, se atropelando, e pedindo minha ajuda. Lá fora o alvoroço não era menor:

Kouroussa é sede do Círculo, e todos os chefes de cantão, seguidos por seus músicos, costumam se reunir ali para a festa. Da porta da concessão eu os vira passar, com seu cortejo de quimbandas, de balafoneiros* e violonistas, tocadores de tambor e de tam-tam. Até então eu só pensava na festa e na suculenta refeição que me esperava; mas agora se tratava de algo completamente diferente!

O grupo barulhento que cercava Kodoké e seu famoso tam-tam se aproximava. Ia de concessão em concessão, parando um instante naquelas em que havia um garoto em idade de entrar para a associação, como eu, e o levava. Por isso é que sua abordagem era lenta, mas certeira, implacável; tão certa e implacável quanto o destino que me esperava.

Que destino? Meu encontro com "Kondén Diara"!

Ora, eu não ignorava quem era Kondén Diara; volta e meia minha mãe, às vezes meus tios, na verdade todos de meu círculo que tinham autoridade sobre mim já tinham me falado muito dele, me ameaçado muito com a figura de Kondén Diara, esse terrível bicho-papão, esse "leão das crianças". E então Kondén Diara — mas ele era homem? bicho? ou seria meio homem, meio bicho? meu amigo Kouyaté achava que era mais homem que bicho —, então Kondén Diara saía da sombra das palavras, tomava corpo, sim, despertado pelo tam-tam de Kodoké, provavelmente já rondando a cidade! Esta devia ser a noite de Kondén Diara.

Agora eu ouvia nitidamente o tam-tam — Kodoké estava bem perto —, ouvia perfeitamente os cantos e os gritos se elevarem na noite, percebia com quase idêntica nitidez as notas que pareciam ocas, secas e pontudas dos *coros*, esses instrumentos que se parecem com minúsculas canoas em que batemos com um pedaço de pau. Eu tinha me postado na entrada

---

* Tocador de balafom, instrumento de percussão africano parecido com o xilofone. (N.T.)

da concessão e esperava; também segurava com força meu *coro* e minha varinha, pronto para tocar, e esperava, disfarçado pela sombra do casebre; esperava, com uma pavorosa angústia, com o olhar fixo na noite.

— E então? — perguntou meu pai.

Ele atravessara a oficina sem que eu o tivesse ouvido.

— Está com medo?

— Um pouco — eu disse.

Pôs a mão no meu ombro.

— Ora! Relaxe!

Puxou-me contra si, e senti seu calor; seu calor se comunicou a mim, e comecei a me acalmar, o coração bateu menos forte.

—Você não tem que ter medo.

— Não — eu disse.

Eu sabia que, qualquer que fosse minha angústia, devia me mostrar corajoso, não devia exibir meu pavor, nem me esconder em algum canto, e menos ainda me debater ou gritar quando os mais velhos me levassem.

—Também passei por essa prova — disse meu pai.

— O que acontece? — perguntei.

— Nada que você deva temer de verdade, nada que não consiga superar dentro de si. Lembre-se: você deve dominar o medo, dominar a si mesmo! Kondén Diara não o sequestrará; ele ruge; contenta-se em rugir. Você não vai ter medo?

—Tentarei.

— Mesmo que tiver medo, não demonstre.

E foi embora, e minha espera recomeçou, e a inquietante barulheira se aproximou mais ainda. De repente, avistei o grupo que se dirigia para o meu lado; Kodoké, com o seu tam-tam a tiracolo, andava na frente, seguido pelos tocadores de tambor.

Muito depressa, voltei para o quintal da concessão, plantei-me no meio e esperei, tão obstinadamente quanto pude, a temível invasão. Não foi preciso esperar muito: lá estava o grupo, que se espalhou tumultuadamente ao meu redor, aos gritos, gritos efusivos e rufares de tam-tam e tambor. Formaram uma roda e eu me vi no meio, isolado, estranhamente isolado, ainda livre, mas já cativo. Na beira do círculo, reconheci Kouyaté e outros, muitos outros de meus coleguinhas, apanhados no caminho, apanhados como eu ia ser, como já estava sendo; e achei que não estavam muito calmos — mas eu estaria mais que eles? Eu batia no meu *coro* como eles, talvez com menos convicção.

Então as moças e mulheres entraram na roda e começaram a dançar; os rapazes e adolescentes se separaram do grupo, ficaram em frente às mulheres e também dançaram. Os homens cantavam, as mulheres batiam palmas. Logo a roda era formada só pelos não circuncidados. Eles também cantavam — ainda não lhes era permitido dançar —, e cantando, cantando em coro, esqueciam sua ansiedade; misturei minha voz com as deles. A turma se reagrupou e saiu de nossa concessão; eu fui atrás, relativamente sossegado e batendo no meu *coro* com ardor. Kouyaté ia à minha direita.

Nosso percurso pela cidade reunindo os não circuncidados terminou pelo meio da noite; tínhamos chegado ao limite das concessões e, diante de nós, a selva se abria. As mulheres e as moças logo se retiraram; depois os homens também nos deixaram. Ficamos a sós com os mais velhos. Para ser mais exato, e pensando no temperamento em geral pouco afável dos mais velhos e em seu trato raramente ameno, eu diria "entregues" aos mais velhos.

Agora, mulheres e moças se apressavam em voltar para casa. Na verdade, não deviam estar muito mais tranquilas que nós; sei que nem uma única teria se arriscado a transpor, nessa noite, as fronteiras da cidade: a própria cidade, a própria noite já deviam lhes parecer bastante suspeitas; e acredito que mais de uma que voltou sozinha para sua concessão devia estar arrependida de ter se juntado ao grupo; elas só recuperariam certa coragem depois de trancar pessoalmente as portas das concessões e dos casebres. Antes disso, apressavam o passo e, de vez em quando, lançavam olhares inquietos para trás. Logo, quando Kondén Diara rugisse, não poderiam deixar de se arrepiar; muitas tremeriam, muitas verificariam uma última vez o fechamento das portas. Para elas, assim como para nós, embora em proporção infinitamente menor, essa noite seria a noite de Kondén Diara.

Assim que os mais velhos se asseguraram de que nenhuma presença indiscreta ameaçava o mistério da cerimônia, saímos da cidade e nos embrenhamos na mata que leva ao lugar sagrado onde, todo ano, se realiza a iniciação. O lugar é conhecido: fica sob uma imensa sumaúma, um baixio situado no encontro dos rios Komoni e Niger. Em tempos normais, o acesso ao local não é proibido; mas talvez nem sempre tenha sido assim e em torno do enorme tronco da sumaúma ainda paire alguma coisa desse passado que não conheci; penso que uma noite como a que vivemos certamente ressuscitava uma parte desse passado.

Andávamos calados, vigiados de perto pelos mais velhos. Será que temiam que escapássemos? Pelo visto, sim. Não creio, porém, que a nenhum de nós ocorresse a ideia de fugir: a noite, essa noite em particular, era impenetrável demais. Sabíamos onde Kondén Diara morava? Sabíamos por onde rondava? Não era justamente lá, na vizinhança daquele baixio, que ele morava e rondava? Sim, tudo indicava que era ali. E se era preciso enfrentá-lo — necessariamente seria preciso enfrentá-lo! —, o melhor, sem dúvida, era fazê-lo em grupo, fazê-lo naquele ajuntamento que nos unia uns aos outros e que era, diante da iminência do perigo, uma espécie de último abrigo.

Porém, por mais íntimo que fosse nosso ajuntamento e por maior que fosse a vigilância dos mais velhos, o fato é que essa marcha silenciosa que sucedia à algazarra de pouco antes, essa marcha sob a luz desbotada da lua e longe dos casebres, e ainda o lugar sagrado para onde nos dirigíamos, e principalmente a presença escondida de Kondén Diara, tudo isso nos angustiava. Seria só para nos vigiar melhor que os mais velhos nos mantinham tão juntos? Talvez. Mas talvez também sentissem algo da angústia que nos apertava: assim como nós, não deviam gostar da conjunção do silêncio e da noite; esse ajuntamento apertado também servia para tranquilizá-los.

Pouco antes de alcançarmos o baixio, vimos uma grande fogueira crepitando, até então escondida pelo mato. Kouyaté apertou furtivamente meu braço e compreendi que fazia alusão ao fogo. Sim, havia fogo. Havia Kondén Diara, a presença latente de Kondén Diara, mas havia também uma presença tranquilizadora em plena noite: uma grande fogueira! Retomei a coragem, um pouco de coragem; também apertei depressa o braço de Kouyaté. Apressei o passo — todos nós apressamos o passo! —, e o clarão vermelho do braseiro nos envolveu. Agora havia aquele refúgio, aquela espécie de refúgio na noite: uma grande fogueira e, às nossas costas, o tronco enorme da sumaúma. Ah! Era um refúgio precário, mas por ínfimo que fosse, era infinitamente mais que o silêncio e as trevas, o silêncio dissimulado das trevas. Instalamo-nos sob a sumaúma. A nossos pés, o solo tinha sido limpo e já não havia bambus nem mato alto.

— Ajoelhem-se! — gritaram de repente os mais velhos.

De imediato dobramos os joelhos.

— Cabeças baixas!

Curvamos a cabeça.

— Mais baixas que isso!

Baixamos a cabeça até o chão, como para a oração.

— Agora, fechem os olhos!

Não foi preciso repetir; fechamos os olhos, apertamos as mãos com força sobre os olhos: não morreríamos de medo, de horror, se víssemos, se simplesmente entrevíssemos Kondén

Diara? Mas os mais velhos ainda atravessaram nossas fileiras, passaram em frente e atrás de nós para ter certeza de que obedecíamos fielmente. Infeliz do audacioso que infringisse a proibição! Seria cruelmente chicoteado; mais cruelmente ainda porque não teria esperança de vingança, já que não encontraria ninguém para receber sua queixa, ninguém para ir contra o costume. Mas quem se arriscaria a bancar o audacioso numa circunstância daquelas?

E quando estávamos ajoelhados, a cabeça no chão e as mãos apertando os olhos, explodiu abruptamente o rugido de Kondén Diara!

Esse grito rouco, nós esperávamos por ele, só esperávamos por ele, mas ele nos surpreendeu, nos transpassou como se não o esperássemos; e nossos corações congelaram. E não era apenas um leão, não era apenas Kondén Diara que rugia: eram dez, eram vinte, talvez trinta leões que, o seguindo, lançaram seu grito terrível e cercaram a clareira; dez ou trinta leões separados de nós por apenas alguns metros, e que a grande fogueira talvez não conseguisse manter à distância; leões de todos os tamanhos e todas as idades — percebemos pelos rugidos —, leões velhíssimos e mesmo leõezinhos. Não, nenhum de nós pensaria em arriscar um olho; nenhum! Ninguém ousaria levantar a cabeça do chão: todos enfiariam a cabeça no chão, a esconderiam e se esconderiam inteiramente no chão, se fosse possível. Eu me curvei, nós nos curvamos mais, dobramos mais fortemente os joelhos, abaixamos as costas tanto quanto conseguimos, fiquei bem encolhidinho, ficamos o mais encolhidos que podemos.

"Você não deve ter medo!", dizia a mim mesmo. "Tem de dominar seu medo! Seu pai lhe disse para superar o medo!" Mas como poderia não ter medo? Na própria cidade, longe da clareira, mulheres e crianças tremiam e se enfiavam no fundo dos casebres; ouviam Kondén Diara rugir, e muitos tapavam os ouvidos para não ouvi-lo; os menos medrosos se levantavam — era preciso certa coragem para sair da cama — para verificar mais uma vez a porta do casebre, para checar mais uma vez se ela estava bem firme, e mesmo assim se sentiam desamparados. Como eu resistiria ao medo, eu que estava ao alcance do terrível monstro? Se lhe desse vontade, num só pulo Kondén Diara transporia a fogueira e me cravaria suas garras nas costas!

Nem por um segundo pus em dúvida a presença do monstro. Quem poderia reunir, em algumas noites, um grupo tão numeroso, fazer uma tal gritaria, senão Kondén Diara? "Só ele", pensava, "só ele pode assim comandar os leões... Afaste-se, Kondén Diara! Afaste-se! Volte para a selva!..." Mas Kondén Diara continuava sua algazarra, e às vezes achava que ele estava rugindo em cima da minha própria cabeça, em meus ouvidos. "Afaste-se, por favor, Kondén Diara!..."

O que dissera meu pai? "Kondén Diara ruge; ele se contenta em rugir; não o sequestrará..." Sim, foi mais ou menos isso. Mas seria verdade, seria verdade mesmo? Também se dizia que Kondén Diara às vezes caía, com todas as garras de fora, em cima de um ou de outro, levava-o para longe, para muito longe, para bem fundo na selva; e depois, dias e dias mais tarde, meses ou anos mais tarde, ao acaso de uma caminhada, a gente topava com uns esqueletos esbranquiçados... Será que a gente também não morria de medo?... Ah! Como eu gostaria que aqueles rugidos parassem! Como eu gostaria... Como gostaria de estar longe dessa clareira, estar na nossa concessão, na calma de nossa concessão, na segurança calorosa do casebre!... Será que os rugidos não iriam parar logo?... "Vá embora, Kondén Diara! Vá embora!... Pare de rugir!..." Ah, esses rugidos!... Acho que não vou aguentar mais...

E eis que de repente eles param! Param como tinham começado. A bem da verdade, foi tão repentino que hesitei em me alegrar. Acabou? Acabou de verdade?... Não seria apenas uma interrupção momentânea?... Não, ainda não ousava me alegrar. E depois, de repente a voz dos mais velhos ressoou:

— De pé!

Um suspiro escapou de meu peito. Acabou! Dessa vez, acabou mesmo! Nós nos olhamos; olhei para Kouyaté, para os outros. Se a claridade fosse melhor... Mas bastava o clarão do fogo: grandes gotas de suor ainda brilhavam em nossas testas; mesmo a noite estando fresca... Sim, sentimos medo! Não poderíamos ter disfarçado nosso medo...

Ecoou uma nova ordem e nos sentamos diante do fogo. Agora, os mais velhos passam à nossa iniciação; durante o resto da noite vão nos ensinar os cantos dos não circuncidados; não nos mexemos mais, repetimos as palavras depois deles, a melodia depois deles; estamos ali como se estivéssemos na escola, atentos, plenamente atentos e dóceis.

Nossa instrução terminou ao amanhecer. Eu estava com as pernas e os braços dormentes; movimentei as articulações, esfreguei as pernas por um instante, mas o sangue continuava lento; na verdade, estava morto de cansaço e sentia frio. Passando os olhos ao redor, já não entendia como pudera tremer tanto de noite; os primeiros clarões da manhã surgiam tão leves, tão tranquilos sobre a sumaúma, sobre a clareira; o céu tinha tamanha pureza!... Quem pensaria, quem admitiria, poucas horas antes, que um bando de leões, conduzido por Kondén Diara em carne e osso, tinha se alvoroçado raivosamente por entre aquele mato alto e aqueles caniços, separado de nós apenas por uma fogueira que, naquele momento, acabava de se extinguir? Ninguém acreditaria, e eu teria duvidado de meus ouvidos e pensaria estar acordando de um pesadelo se um ou outro de meus companheiros, ainda desconfiado, não desse ocasionalmente uma olhada para o mato mais alto.

Mas o que eram aqueles longos filamentos brancos que caíam, ou melhor, que saíam da sumaúma e pareciam inscrever no céu a direção da cidade? Não precisei me perguntar por muito tempo: os mais velhos começaram a nos reagrupar;

como a maioria de nós estava dormindo em pé, o ajuntamento ia se formando com certa dificuldade, com gritos e certa aspereza. Afinal, retornamos à cidade entoando nossos novos cantos; e os cantávamos mais alegres do que eu imaginaria: como o cavalo que sente a estrebaria bem próxima de repente se anima, por mais exausto que esteja.

Chegando às primeiras concessões, a presença dos longos filamentos brancos me impressionou de novo: todos os principais casebres tinham esses fios no alto.

— Está vendo os fios brancos? — perguntei a Kouyaté.

— Estou. Sempre há esses fios depois da cerimônia da clareira.

— Quem os amarra?

Kouyaté deu de ombros.

— É de lá que eles vêm — eu disse mostrando ao longe a sumaúma.

— Alguém deve ter subido no alto.

— Quem conseguiria subir numa sumaúma? Pense bem!

— Não sei!

— Será que alguém é capaz de abraçar um tronco daquela grossura? — eu disse. — E mesmo que conseguisse, como poderia subir por uma casca tão cheia de espinhos? O que você diz não faz sentido! Você imagina o trajeto que seria preciso fazer até chegar aos primeiros galhos?

— Por que eu saberia mais que você? — disse Kouyaté.

— Mas é a primeira vez que eu assisto à cerimônia. Você...

Não terminei minha frase; tínhamos chegado à grande praça da cidade e eu olhava com espanto para as sumaúmas que dão sombra ao mercado: também tinham os mesmos filamentos brancos. Na verdade, todos os casebres de certa importância, todas as árvores muito grandes estavam assim ligadas entre si, e o ponto de partida, como também a ligação entre elas, era a imensa sumaúma da clareira, o lugar sagrado que aquela sumaúma assinalava.

— As andorinhas amarram esses fios — disse de repente Kouyaté.

— As andorinhas? Você está louco! — eu disse. — As andorinhas não voam de noite!

Interroguei um dos mais velhos que andava perto dali.

— É o chefe de nós todos que as amarra — ele disse. — Nosso chefe se transforma em andorinha durante a noite; voa de árvore em árvore e de casebre em casebre, e todos esses fios são amarrados em menos tempo que um abrir e fechar de olhos.

— Ele voa de árvore em árvore? — perguntei. — Voa como uma andorinha?

— Bem, sim! Ele é uma verdadeira andorinha, rápido como uma andorinha. Todo mundo sabe disso!

— Eu não disse? — falou Kouyaté.

Não dei mais um pio: a noite de Kondén Diara era uma noite estranha, uma noite terrível e maravilhosa, uma noite que ultrapassava o entendimento.

Como na véspera, íamos de concessão em concessão, precedidos por tam-tans e tambores, e nossos companheiros iam nos deixando à medida que chegavam às suas casas. Quando passávamos defronte de uma concessão em que alguém não tivera coragem de se juntar a nós, um canto de zombaria se elevava de nossas fileiras.

Voltei para a minha concessão, exausto, mas muito satisfeito comigo mesmo: tinha participado da cerimônia dos leões! Mesmo não tendo sido muito corajoso na hora em que Kondén Diara enfurecera, isso só dizia respeito a mim: eu podia guardar para mim mesmo; e cruzei gloriosamente a porta de nossa casa.

A festa do Ramadã começava, e avistei no quintal meus pais prontos para irem à mesquita.

— Enfim de volta! — disse minha mãe.

— Aqui estou! — disse orgulhoso.

— Isso é hora de voltar? — ela disse me apertando contra o peito. — A noite terminou e você sequer pregou olho.

— A cerimônia só terminou de manhãzinha — eu disse.

— Sei muito bem — ela respondeu. — Todos os homens são loucos!

— E os leões? — perguntou meu pai. — Kondén Diara?

— Eu os ouvi — disse. — Eles estavam pertinho; tão perto de mim como estou de vocês; só havia a distância da fogueira entre eles e nós!

— É uma loucura! — disse minha mãe. — Vá dormir: você está caindo de sono!

Virou-se para meu pai:

— Pergunto-me o que significa tudo isso! — ela disse.

— Bem, é o costume — disse meu pai.

— Não gosto desse costume! — ela disse. — As crianças não deviam passar a noite em claro.

— Sentiu medo? — perguntou meu pai.

Eu devia confessar que senti um medo horroroso?

— Naturalmente ele sentiu medo! — disse minha mãe. — Como quer que não tenha sentido?

— Sentiu só um pouco de medo — disse meu pai.

— Vá dormir — retrucou minha mãe. — Se não dormir agora, vai dormir durante a festa.

Fui me deitar no casebre. Ouvia minha mãe brigar com meu pai: ela achava uma estupidez correr riscos gratuitos.

Mais tarde, soube quem era Kondén Diara e também que os riscos eram inexistentes, mas só soube na hora em que me foi permitido saber. Enquanto não somos circuncidados, enquanto não chegamos a essa segunda vida que é nossa verdadeira vida, nada nos foi revelado, e não conseguimos flagrar nada.

Só depois de participar várias vezes da cerimônia dos leões é que começamos vagamente a entrever alguma coisa, mas respeitamos o segredo: só falamos disso que adivinhamos aos nossos companheiros que têm a mesma experiência; e o essencial nos escapa até o dia de nossa iniciação na vida de homem.

Não, não eram leões de verdade que rugiam na clareira, eram os mais velhos, pura e simplesmente os mais velhos. Eles utilizam pequenas tábuas que são mais largas no meio e têm beiradas cortantes, mais cortantes ainda porque o bojo central salienta o gume. A tabuinha tem forma de elipse e é bem pequena; tem um furo num dos lados, por onde passa uma cordinha. Os mais velhos a fazem girar como uma atiradeira, e para aumentar ainda mais a rotação, eles rodopiam ao mesmo tempo; a tabuinha corta o ar e produz um ronco parecidíssimo com o rugido de um leão; as tábuas menores imitam o rugido de leõezinhos, as maiores, o dos leões.

É infantil. O que não é infantil é o efeito produzido à noite para ouvidos não prevenidos: o coração gela! Se não fosse o medo, maior ainda, de se perder na mata, de ficar isolado na mata, o pavor dispersaria as crianças; é o refúgio formado pelo tronco das sumaúmas e pela fogueira acesa que mantém agrupados os não iniciados.

Mas se é fácil explicar o grunhido de Kondén Diara, não se pode dizer o mesmo dos longos fios brancos que ligam a imensa sumaúma da clareira sagrada às árvores mais altas e aos casebres principais da cidade. De minha parte, não consegui obter uma explicação perfeita: na época em que poderia obtê-la, ao ocupar um lugar entre os mais velhos que dirigiam a cerimônia, eu já não morava em Kouroussa. Sei apenas que esses fios são de algodão tecido, e que são usadas varas de bambu para amarrá-los no alto das casas; o que eu ignoro é a maneira como são presos no alto das sumaúmas.

Nossas sumaúmas são árvores imensas, e é difícil imaginar varas de vinte metros: elas necessariamente vergariam, por maior que fosse o cuidado em juntá-las. Por outro lado, não vejo como alguém poderia subir à copa dessas árvores cheias de espinhos. Existe uma espécie de cinto que ajuda a subir: ele é amarrado em torno da árvore e a pessoa se põe ali dentro, posicionando o cinto na altura do quadril, e depois sobe aos pulos, apoiando os pés contra o tronco; mas não se pode imaginar isso quando uma árvore tem o tronco da dimensão de nossas imensas sumaúmas.

E por que não usavam simplesmente a atiradeira? Não sei. Um bom atirador de bodoque consegue milagres. Talvez fosse mais natural atribuir a um milagre desse gênero a incompreensível presença dos filamentos brancos no alto das sumaúmas, mas não sou capaz de decidir.

O que eu sei é que os mais velhos, que amarram esses filamentos, precisam ser extremamente atentos para não perder as varas: não podem deixar rastros de maneira alguma! Bastaria uma vara abandonada perto do serviço para talvez pôr mulheres e crianças na pista do segredo. É por isso que, assim que amarram os filamentos, todos têm pressa de guardar as varas e as tabuinhas. Os esconderijos habituais são a cobertura dos telhados ou os lugares afastados na mata. E assim nada transparece dessas manifestações da potência de Kondén Diara.

Mas, e os homens? E todos os que sabem?

Pois bem, não dizem uma palavra, guardam seu saber em estrito segredo. Eles deixam mulheres e crianças na incerteza ou no medo, e ainda alimentam esses sentimentos recomendando que mantenham bem fechadas as portas dos casebres.

Não ignoro que um comportamento desses pode parecer estranho, mas é perfeitamente fundamentado. A cerimônia dos leões pode ter as características de um jogo, pode ser em boa parte uma mistificação, mas também é algo importante: é uma prova, um meio de preparar o jovem e um rito, que é o prelúdio de um rito de passagem pra valer! É evidente que se o segredo vazasse, a cerimônia perderia muito de seu prestígio. Sem dúvida, o ensinamento que se sucede aos rugidos continuaria o mesmo, mas não restaria nada da prova do medo, nada da oportunidade de cada um de superar seu medo e de se superar, nada tampouco da preparação necessária para o doloroso rito de passagem que é a circuncisão. Mas o que ainda resta disso, na verdade, neste momento em que escrevo? O segredo... Ainda temos segredos!

8

Mais tarde, vivi uma prova muito mais inquietante que a dos leões, uma prova ameaçadora de verdade, em que o jogo está totalmente ausente: a circuncisão.

Eu estava no último ano do certificado de estudos, finalmente fazia parte do grupo dos maiores, os maiores que tanto abominávamos quando estávamos na classe dos pequenos, porque nos tiravam comida e dinheiro e nos batiam; e eis então que os substituíamos, e as crueldades felizmente haviam sido abolidas.

Mas não bastava estar entre os grandes; ainda era preciso sê-lo em toda a acepção da palavra e, assim, nascer para a vida de homem. Ora, eu continuava a ser uma criança: tinha fama de viver eternamente na idade da inocência! Para os meus colegas, na maioria circuncidados, eu continuava a ser uma verdadeira criança. Suponho que eu fosse um pouco mais novo que eles, ou teriam sido minhas repetidas temporadas em Tindican que atrasaram minha iniciação? Não lembro. Seja como for, eu já tinha a idade e também precisava renascer, abandonar a infância e a inocência, tornar-me um homem.

Tinha medo de enfrentar essa passagem da infância à idade de homem; na verdade, estava muito angustiado, assim como meus companheiros de provação. Sem dúvida, o rito nos era familiar, pelo menos a parte visível desse rito, já que todo ano assistíamos à dança dos candidatos à circuncisão na grande praça da cidade; mas havia uma parte importante do rito, a essencial, que permanecia secreta e da qual só tínhamos uma noção extremamente vaga, exceto no que se referia à própria operação, que sabíamos ser dolorosa.

Entre o rito público e o secreto há uma verdadeira contradição. O rito público é dedicado à alegria. É a ocasião de uma festa, uma festa grande e muito barulhenta, da qual toda a cidade participa, e que se estende por vários dias. É como se o barulho e o movimento, as alegrias e as danças servissem para nos tentar fazer esquecer da angústia da espera e do sofrimento real da prova; mas a angústia não se dissipa tão facilmente, embora de vez em quando diminua, e a dor da excisão continua presente no espírito. E ainda mais presente porque a festa não é como as outras: mesmo sendo totalmente dedicada à alegria, em alguns momentos ela se reveste de uma gravidade que não se vê em outras festas, gravidade que é compreensível, pois o acontecimento que a festa assinala é o mais importante da vida; mais precisamente, é o início de uma nova vida; ora, apesar do barulho e do movimento, da abundância de ritmos e do turbilhão da dança, cada retorno dessa gravidade soa como um lembrete da prova, recorda o semblante obscuro do rito secreto.

Mas apesar da angústia e da certeza do sofrimento, ninguém pensaria em se furtar à prova — como ninguém, menos ainda, se furta à prova dos leões. Eu não pensava nisso de jeito nenhum: queria nascer, renascer! Sabia perfeitamente que sofreria, mas queria ser um homem, e nada me parecia sofrido demais para chegar à condição de homem. Meus companheiros pensavam igualmente: como eu, estavam prontos a pagar o preço do sangue. Esse preço que os mais velhos pagaram antes de nós e os que nasceriam depois também pagariam; por que nos esquivaríamos? A vida brotava do sangue derramado!

Naquele ano, dancei durante uma semana, durante sete dias, na grande praça de Kouroussa, a dança do "soli", que é a dança dos futuros circuncidados. Toda tarde meus companheiros e eu nos dirigíamos ao local de dança, usando um gorro e vestindo um bubu que ia até os calcanhares, um bubu mais comprido que o normal e aberto nas laterais; o gorro, mais exatamente um barrete, era enfeitado com um pompom que caía nas nossas costas; era nosso primeiro gorro de homem! As mulheres e moças corriam até a entrada das concessões para nos ver passar, depois seguiam atrás de nós, usando seus enfeites de festa. O tam-tam rufava, e nós dançávamos na grande praça até não aguentar mais; e quanto mais a semana avançava, mais as sessões de dança se prolongavam, mais a multidão aumentava.

Meu bubu, e também o dos meus companheiros, tinha um tom castanho que puxava para o vermelho, um tom que evitava o risco de o sangue deixar manchas muito nítidas. Fora feito especialmente para a ocasião e depois entregue aos organizadores da cerimônia. Nesse momento, o bubu ainda era branco; os organizadores é que então o tingiam com cascas de árvore e, em seguida, o mergulhavam na água barrenta de alguma poça da selva; o bubu ficava de molho por várias semanas: talvez fosse o tempo necessário para conseguir o tom desejado, ou então por alguma razão ritual que me escapa. O gorro, fora o pompom que continuava branco, era tingido da mesma maneira, tratado da mesma maneira.

Dançávamos, como eu disse, até perder o fôlego, mas não éramos os únicos: toda a cidade dançava! Vinham nos olhar, vinha uma multidão; na verdade toda a cidade aparecia, pois a prova não era importante apenas para nós, mas para praticamente todos: ninguém ficava indiferente ao fato de a cidade ganhar uma nova fornada de cidadãos, por meio de um segundo nascimento que era o nosso verdadeiro nascimento. Além disso, em nossa terra, toda reunião em que as pessoas dançam tende a se propagar, como o apelo do tam-tam é quase irresistível, os espectadores logo se transformavam em dançarinos: invadiam a área e, sem se misturar ao nosso grupo, dividiam nosso ardor intimamente, rivalizavam conosco em frenesi, homens e mulheres, mulheres e moças, embora mulheres e moças dançassem rigorosamente separadas de nós. Enquanto dançava, meu bubu, aberto nos lados de alto a baixo, revelava o lenço de cores vivas que eu usava enrolado no quadril. Eu sabia e não fazia nada para evitar: ao contrário, queria exibi-lo. É que cada um de nós usava um lenço parecido, mais ou menos colorido, mais ou menos estampado, recebido de sua namoradinha titular. Era um presente para a cerimônia e era comum a garota tirá-lo da própria cabeça para nos presentear com ele. Como o lenço não passa despercebido, como é a única nota pessoal diferente do uniforme comum, com sua estamparia e seu colorido que o identificam facilmente, ele representa uma espécie de manifestação pública de uma amizade — uma amizade puramente infantil, é claro — que a cerimônia em andamento talvez rompa para sempre ou, se for o caso, transforme em algo menos inocente e mais duradouro. Ora, por menos que nossa amiguinha fosse bonita e, por conseguinte, cobiçada, requebrávamos exageradamente para que nosso bubu balançasse mais e assim o lenço aparecesse melhor; ao mesmo tempo, apurávamos o ouvido para flagrar o que diziam de nós, de nossa amiguinha e de nossa sorte, mas o que nossos ouvidos captavam era pouca coisa: a música era ensurdecedora, a animação, extraordinária, e a multidão, muito densa nos arredores da área.

De vez em quando um homem rompia a multidão e avançava até nós. Em geral era um homem de idade, frequentemente um figurão que tinha laços de amizade ou obrigações com a família de um de nós. O homem fazia sinal de que queria falar, e os tam-tans paravam um momento, a dança cessava um instante. Nós nos aproximávamos dele. Então o homem se dirigia em voz alta para um de nós.

— Você — ele dizia —, escute! Sua família sempre foi amiga da minha; seu avô é amigo de meu pai, seu pai é meu amigo e você é amigo de meu filho. Hoje venho publicamente testemunhar isso. Que todos aqui saibam que somos amigos e continuaremos a ser! E em sinal dessa amizade duradoura, e a fim de provar meu reconhecimento pela correção que seu pai e seu avô sempre demonstraram comigo e com os meus, ofereço-lhe um boi por ocasião de sua circuncisão!

Nós todos o aclamávamos; toda a plateia o aclamava. Muitos homens de idade, na verdade todos nossos amigos, apresentavam-se assim para anunciar os presentes que nos davam. Cada um fazia uma oferta de acordo com suas posses e, como havia rivalidade, muitas vezes iam um pouco além de suas posses. Se não era um boi, era um saco de arroz, ou de milho, ou de algum cereal.

É que a festa, a imensa festa da circuncisão não se faz sem um grande banquete e numerosos convidados, e um banquete que dura dias e dias, apesar do número de convidados. Uma festança dessas representa uma despesa importante. Por isso, qualquer um que seja amigo da família do futuro circuncidado, ou a ela ligado por gratidão, considera questão de honra contribuir, e ajuda tanto os que precisam como aqueles que não têm a menor necessidade. É por essa razão que, a cada circuncisão, há uma súbita fartura de bens, de coisas gostosas.

Mas ficávamos alegres com essa fartura? Ficávamos, porém tínhamos outra coisa em mente: a prova que nos aguardava não era de aguçar o apetite. Não, nosso apetite não teria importância quando, depois da circuncisão, nos convidassem a pegar nossa parte na festa; se não o sabíamos por experiência — se ainda íamos ter a experiência! —, sabíamos muito bem que os novos circuncidados costumam ter uma expressão triste.

Esse pensamento nos devolvia brutalmente à nossa apreensão: aclamávamos o doador, e de repente nosso pensamento se voltava para a prova que nos esperava. Como já disse: essa apreensão em meio à excitação geral, excitação da qual éramos os primeiros a participar com nossas danças repetidas, representava um dos aspectos mais paradoxais desses dias. Não era para esquecer nossos temores que dançávamos? Era o que eu pensava. Na verdade, havia momentos em que acabávamos esquecendo; mas a ansiedade logo renascia: sempre havia uma ocasião para lhe dar nova vida. Nossas mães podiam multiplicar os sacrifícios por nós, e de fato faziam isso, todas faziam, mas só nos reconfortavam em parte.

Às vezes, uma delas ou algum parente próximo entrava na dança e, enquanto dançava, agitava a insígnia de nossa condição; em geral, uma enxada — a condição camponesa em Guiné é de longe a mais comum —, para testemunhar que o futuro circuncidado era um bom lavrador.

Houve, assim, um momento em que apareceu a segunda esposa de meu pai, com um caderno e uma caneta na mão. Confesso que isso não me agradou muito nem me deu o menor reconforto, mas criou certa confusão, embora compreendesse perfeitamente que minha segunda mãe apenas se sacrificava ao costume da terra e com a melhor intenção, já que caderno e caneta eram as insígnias de uma ocupação que, a seus olhos, ultrapassava a do lavrador ou do artesão.

Minha mãe foi infinitamente mais discreta: contentou-se em me observar de longe, e até notei que se ocultava na multidão. Tenho certeza de que estava no mínimo tão inquieta quanto eu, ainda que tomasse o maior cuidado para nada deixar transparecer. Mas em geral a efervescência era tamanha, quer dizer, tão comunicativa, que ficávamos sozinhos com o peso de nossa inquietação.

Devo acrescentar que comíamos depressa e mal? Era evidente: tudo estava na dança e nos preparativos da festa. Voltávamos exaustos e dormíamos um sono de chumbo. De manhã, não conseguíamos sair da cama: dormíamos até tarde, só levantávamos minutos antes do chamado do tam-tam. Que importava se as refeições fossem esquecidas? Mal nos restava tempo para comer! Era preciso andar depressa, lavar-se depressa, vestir depressa o bubu, pôr depressa o gorro, correr para a grande praça, dançar! E dançar mais cada dia, pois dançávamos, toda a cidade dançava, de tarde e de noite — de noite, ao clarão das tochas; e na véspera da prova, a cidade dançou o dia inteiro, a noite inteira!

Vivemos esse último dia numa estranha febre. Depois de nos rasparem a cabeça, os homens que conduziam a iniciação nos reuniram num casebre afastado das concessões. Esse casebre, espaçoso, ia ser agora nossa residência; o pátio onde estava também era espaçoso, cercado de vime tão bem entrelaçado que nenhum olhar conseguiria penetrar ali dentro.

Quando entramos no casebre, vimos nossos bubus e barretes estendidos no chão. Durante a noite, os bubus foram costurados dos lados, restando apenas uma pequena abertura para os braços, mas de modo a esconder totalmente os flancos. Quanto aos barretes, tinham se transformado em gorros exageradamente altos: foi preciso apenas levantar e fixar sobre uma armação de palha o tecido que antes estava dobrado para dentro. Enfiamo-nos nos bubus e nos sentimos como quem está dentro de um estojo; agora parecíamos magros, embora não fôssemos. Depois, quando vestimos nossos gorros que não acabavam mais, nos olhamos por um instante; se as circunstâncias fossem outras, sem dúvida cairíamos na gargalhada: parecíamos uns bambus, tínhamos a mesma altura e a mesma magreza.

— Passeiem um pouco pelo pátio — nos disseram os homens —, vocês precisam se acostumar com os bubus costurados.

Demos alguns passos, mas não podiam ser muito grandes: a costura não permitia; o tecido esticava e as pernas batiam na barra da túnica; nossas pernas pareciam travadas.

Voltamos para o casebre, nos sentamos sobre as esteiras e ali ficamos sob a vigilância dos homens. Conversávamos entre nós de uma coisa e outra, disfarçando o máximo possível nossa aflição; mas como poderíamos apagar do pensamento a cerimônia do dia seguinte? A ansiedade transparecia em nossas palavras. Os homens, perto de nós, não ignoravam esse estado de espírito; toda vez que involuntariamente deixávamos escapar nossa perturbação, eles se esforçavam de verdade para nos acalmar, muito diferentes dos que conduziam a cerimônia dos leões e que não tinham outra preocupação além da de nos apavorar.

— Não tenham medo, ora essa! — diziam. — Todos os homens passaram por isso. Vocês acham que aconteceu algo de ruim com eles? Com vocês também não acontecerá. Agora que vão se tornar homens, comportem-se como homens: enxotem o medo para longe! Um homem não tem medo de nada.

Mas, justamente, ainda éramos crianças. Todo esse último dia e essa última noite ainda seríamos crianças. Como já disse, parecíamos viver na idade da inocência! E se perdemos a inocência tarde, se na verdade essa perda é tardia, nossa idade de homem não deixará de parecer um pouco prematura. Ainda éramos crianças. Amanhã... Era melhor pensar em outra coisa, pensar, por exemplo, em toda a cidade reunida na grande praça, dançando alegremente. Mas, e nós? Não iríamos em breve nos juntar à dança?

Não! Dessa vez, dançaríamos sozinhos; dançaríamos e os outros nos olhariam: agora não devíamos mais nos misturar com os outros; agora nossas mães não poderiam nem mesmo falar conosco, menos ainda nos tocar. Saímos do casebre, apertados dentro de nossas túnicas compridas, com nosso imenso gorro na cabeça.

Assim que aparecemos na grande praça os homens correram. Avançávamos em fila por entre duas fileiras de homens. O pai de Kouyaté, venerável senhor de barba branca e cabelos brancos, rompeu a fileira e se colocou à nossa frente: era a ele que cabia nos mostrar como se dança o "coba", uma dança reservada aos futuros circuncidados, como a do "soli", mas que só é dançada na véspera da circuncisão. O pai de Kouyaté, pelo privilégio de idade e por causa de sua boa reputação, era o único a ter o direito de entoar o canto que acompanha o "coba".

Eu caminhava atrás dele, e ele me disse para pôr as mãos sobre seus ombros; então cada um de nós pôs as mãos nos ombros de quem estava à frente. Quando nossa fila indiana ficou assim toda unida, os tam-tans e tambores se calaram abruptamente, todos ficaram mudos e imóveis. Então o pai de Kouyaté se endireitou, com sua alta estatura, deu uma olhada ao redor — havia nele um quê de imperioso e nobre! — e, como uma ordem, lançou muito alto o canto do "coba":

— *Coba! Aye coba, lama!*

Logo os tam-tans e os tambores soaram com força e todos repetimos a frase:

— *Coba! Aye coba, lama!*

Andávamos, como o pai de Kouyaté, com as pernas afastadas, tão afastadas quanto nosso bubu permitia, e a passos muito lentos, naturalmente. E proferindo a frase, girávamos, como o pai de Kouyaté, a cabeça para a esquerda, depois para a direita; e nosso gorro alongava curiosamente esse movimento de cabeça.

— *Coba! Aye coba, lama!*

Começamos a dar a volta na praça. Os homens se punham em fila à medida que avançávamos; e quando o último de nós passava, eles formavam um grupo um pouco adiante e novamente se enfileiravam para nos dar passagem. Como andávamos devagar e de pernas afastadas, nosso passo parecia de pato.

— *Coba! Aye coba, lama!*

A cerca viva que os homens formavam na nossa passagem era espessa, compacta. As mulheres, atrás, deviam ver apenas nossos gorros, e as crianças evidentemente não viam muito mais: nos anos anteriores, eu apenas entrevira o alto dos gorros. Mas bastava: o "coba" é um negócio de homem. As mulheres... Não, aqui as mulheres não tinham voz.

— *Coba! Aye coba, lama!*

Terminamos chegando ao lugar onde havíamos começado nossa dança. Então o pai de Kouyaté parou, os tam-tans e os tambores se calaram e voltamos para nosso casebre. Mal desaparecemos, a dança e os gritos recomeçaram na praça.

Três vezes no dia aparecemos assim na grande praça para dançar o "coba"; e, à noite, mais três vezes, sob a claridade das tochas; e todas as ocasiões os homens nos encerraram dentro de sua cerca viva. Não dormimos, ninguém dormiu; a cidade não pregou o olho; dançou a noite toda! Quando saímos de nosso casebre pela sexta vez, estava quase raiando o dia.

— *Coba! Aye coba, lama!*

Nossos gorros continuavam a marcar o ritmo, nossos bubus continuavam a se esticar sobre nossas pernas afastadas, mas nosso cansaço se manifestava e nossos olhos brilhavam febrilmente, nossa ansiedade aumentava. Se não fosse o tam-tam a nos amparar, nos arrastar... Mas o tam-tam nos amparava, nos arrastava! Nós avançávamos, obedecíamos, a cabeça estranhamente vazia, esvaziada pelo cansaço, estranhamente cheia também, cheia do destino que seria o nosso.

— *Coba! Aye coba, lama!*

Quando acabamos nosso giro, a aurora clareava a grande praça. Dessa vez não voltamos para o casebre; partimos direto para a mata, longe, onde nosso sossego não poderia ser interrompido. Na praça, a festa cessou, as pessoas voltaram para casa. Alguns homens, porém, nos seguiram. Os outros esperariam em seus casebres os tiros que anunciariam a todos o nascimento de mais um homem, de mais um malinqué.

Chegamos a uma área circular perfeitamente desmatada. Em volta, o mato era muito alto, mais alto que um homem; o lugar era o mais retirado que se podia desejar. Eles nos puseram em fila, cada um diante de uma pedra. No outro lado, os homens ficaram diante de nós. E nos despimos.

Eu tinha medo, um medo pavoroso, mas concentrava toda a atenção em não demonstrá-lo: todos aqueles homens na nossa frente, nos observando, não podiam perceber meu medo. Meus companheiros não se mostravam menos corajosos, e era indispensável que fosse assim: entre aqueles homens diante de nós, talvez estivesse nosso futuro sogro, um futuro parente; não era hora de perder prestígio!

De repente apareceu o operador. Nós o tínhamos visto na véspera, quando ele fez sua dança na grande praça. Dessa vez, de novo, apenas o entrevi: eu mal me dera conta de sua presença e ele já estava na minha frente.

Tive medo? Quer dizer, tive mais medo, um medo maior nesse instante, já que o medo não me largava desde que eu chegara àquela área? Não deu tempo de ter medo: senti como uma queimadura, fechei os olhos por uma fração de segundo. Não creio que tenha gritado. Não, não devo ter gritado: certamente não tive tempo de gritar! Quando reabri os olhos o operador estava debruçado sobre meu vizinho. Em poucos segundos, aquelas crianças que éramos naquele ano se tornaram homens; o operador me fez passar de um estado ao outro com uma rapidez que não consigo expressar.

Mais tarde, soube que ele era da família dos Dâman, a família de minha mãe. Sua reputação era grande, e com razão: nas festas importantes ele chegara a circuncidar várias centenas de meninos em menos de uma hora; essa rapidez que encurtava a angústia era muito valorizada. Assim, todos os pais, todos os que podiam, recorriam a ele por ser o mais hábil; ele era seu hóspede de uma noite e também o hóspede das personalidades, depois voltava para o campo, onde morava.

Concluída a operação, os fuzis dispararam. Nossas mães, nossos parentes, em suas concessões, puderam ouvir as detonações. E enquanto nos faziam sentar sobre as pedras diante de nós, mensageiros partiram, se lançando pela mata para anunciar a auspiciosa notícia. Correram sem parar, com a testa, o peito e os braços encharcados de suor, e ao chegar à concessão, mal podiam recuperar o fôlego, mal podiam entregar a mensagem à família que vinha até ele.

— Realmente, seu filho foi muito corajoso! — gritavam para a mãe do circuncidado.

E de fato, todos fomos muito corajosos, todos disfarçamos muito bem o medo. Mas talvez fôssemos menos corajosos agora, a hemorragia depois da operação é intensa, longa, inquietante: todo aquele sangue perdido! Eu olhava o sangue correr e ficava com o coração apertado. Pensava: "Será que meu corpo vai ficar totalmente sem sangue?". Levantei um olhar suplicante para nosso curandeiro, o "sema".

— O sangue deve correr — disse o "sema". — Se não correr...

Não acabou a frase: observava a ferida. Quando viu que enfim o sangue engrossou um pouco, me ministrou os primeiros cuidados. Depois passou aos outros.

O sangue finalmente secou e nos vestiram com nosso bubu comprido; seria nossa única roupa, além de uma camisa muito curta, durante as semanas de convalescença que se seguiriam. Mantínhamo-nos desajeitadamente em pé, com a cabeça zonza e o estômago enjoado. Entre os homens que tinham assistido à operação, notei vários tocados por nosso estado miserável, que se viravam para esconder as lágrimas.

Na cidade, nossos parentes faziam festa para o mensageiro, cobriam-no de presentes; e a alegria logo recomeçava: afinal, não deviam se alegrar com o feliz desenlace da prova, com o nosso novo nascimento? Os amigos e vizinhos logo se amontoavam nas concessões dos novos circuncidados e começavam a dançar em nossa homenagem o "fady fady", a dança da bravura, esperando que uma festa gargantuesca* os reunissem em torno dos pratos.

Desse banquete, é claro, receberíamos nossa farta porção. Os homens, os homens jovens que tinham conduzido a cerimônia e que também eram nossos vigilantes, e agora, de certa forma, nossos servidores, foram buscar essa porção.

Infelizmente, tínhamos perdido muito sangue, visto muito sangue — parecia que ainda sentíamos o cheiro desagradável! — e estávamos com um pouco de febre: tremíamos às vezes. Tínhamos um olhar abatido diante dos suculentos pratos: eles não nos tentavam e até nos davam enjoo. Dessa fartura extraordinária de pratos preparados para a festa, preparados para nós, teremos apenas uma parte irrisória: olharemos para os pratos, respiraremos seu perfume, provaremos uns bocados, depois desviaremos a cabeça, e por vários dias, até que essa fartura se esgote e que volte o cardápio diário.

Quando caiu a noite, pegamos de novo o caminho da cidade, escoltados por rapazes e nosso curandeiro. Andávamos com muito cuidado: o bubu não devia tocar na ferida, mas às vezes, apesar de nossas precauções, esbarrava e nos arrancava um gemido; parávamos um instante, com o rosto crispado de dor; os rapazes nos seguravam. Levamos um tempo extraordinariamente longo para chegar ao nosso casebre. Quando enfim chegamos, estávamos esgotados. Logo nos deitamos nas esteiras.

Esperávamos pelo sono, mas o sono custava a chegar: a febre não deixava. Nossos olhares vagavam tristemente pelas paredes do casebre. Ao pensar que viveríamos ali enquanto durasse nossa convalescença — e ela duraria semanas! —, em companhia daqueles rapazes e de nosso curandeiro, uma espécie de desespero nos tomava. Homens! Sim, afinal éramos ho-

---

* Referência ao gigante Gargântua, personagem do romance homônimo do escritor francês François Rabelais (1494-1553), que era, assim como seu filho Pantagruel, um glutão com força e apetite descomunais. (N. T.)

mens, mas como o preço era alto!... Finalmente dormimos. No dia seguinte, a febre tinha cedido, e nós rimos dos pensamentos sombrios da véspera.

Sem dúvida, a vida no casebre não era a que levávamos nas concessões, porém não era nada insuportável e tinha suas alegrias, embora a vigilância fosse constante e a disciplina bastante rígida, mas sensata, razoável, com a única preocupação de evitar o que poderia retardar nossa convalescença.

Se éramos vigiados dia e noite, com mais rigor de noite que de dia, era porque não podíamos nos deitar de lado nem de bruços: enquanto a ferida não estivesse cicatrizada, só devíamos nos deitar de costas, e, é claro, era absolutamente proibido cruzar as pernas. É óbvio que durante o sono era difícil manter a posição autorizada, mas os rapazes logo intervinham: corrigiam a nossa posição e com a maior delicadeza possível, a fim de não interromper nosso descanso; ele se revezavam para não nos deixar nem por um segundo sem vigilância.

Mas talvez fosse melhor falar dos "cuidados" deles, e não da "vigilância"; eram bem mais enfermeiros do que vigilantes. Eles nos ajudavam durante o dia, quando nos cansávamos de ficar deitados ou sentados nas esteiras e pedíamos para levantar; na verdade, ao menor passo que dávamos, eles nos apoiavam. Buscavam nossa comida, levavam e traziam as notícias. O trabalho que realizavam não era moleza; aproveitávamos sua boa vontade, e às vezes acho que abusávamos, porém eles não reclamavam: sempre eram gentis ao nos servir.

Nosso curandeiro mostrava menos indulgência. Sem dúvida cuidava de nós com total dedicação, mas também com bastante autoridade, embora sem aspereza; só não gostava que fizéssemos careta quando lavava nossa ferida.

— Vocês não são mais crianças — dizia. — Façam um esforço!

E precisávamos nos esforçar, se não quiséssemos passar por irremediáveis chorões. Nós então nos esforçávamos duas vezes por dia, pois o curandeiro lavava a ferida uma primeira vez de manhã e uma segunda vez à noite. Ele utilizava uma água com cascas de algumas árvores amassadas, e enquanto lavava a ferida, pronunciava as evocações que curam. Era dele a tarefa de nos ensinar e nos iniciar.

Depois de uma semana inteira passada na solidão do casebre, cuja monotonia só fora interrompida por algumas visitas de meu pai, recuperamos liberdade de movimento suficiente para fazer curtos passeios na mata, conduzidos pelo curandeiro.

Ficávamos nos arredores imediatos da cidade, e os rapazes iam à frente. Andavam como batedores, para o caso de alguma mulher aparecer no caminho e eles poderem avisá-la a tempo de se afastar. Na verdade, não podíamos encontrar mulheres, não podíamos ver mulheres em hipótese alguma, nem mesmo nossa mãe, enquanto a ferida não estivesse devidamente cicatrizada. A proibição visa apenas não impedir a cicatrização; não creio que seja preciso procurar explicações mais profundas.

O ensinamento que recebíamos na selva, longe de ouvidos indiscretos, não tinha nada de muito misterioso; nada, penso, que outros ouvidos não pudessem escutar. Essas lições, idênticas às que tiveram todos os que nos precederam, se resumiam à linha de conduta que um homem deve ter na vida: ser absolutamente franco, adquirir as virtudes que tornam o homem honesto em todas as circunstâncias, cumprir nossas obrigações com Deus, com nossos pais, com as autoridades, com o próximo. E no entanto não devíamos divulgar nada do que era dito, nem às mulheres nem aos não iniciados; assim como também não devíamos revelar os ritos secretos da circuncisão. O costume era esse. As mulheres também não falam nada dos ritos da excisão.*

Para o caso de, mais tarde, algum não iniciado tentar des-

---

*Em muitos lugares da África até hoje se pratica a excisão feminina, que consiste em arrancar parte ou todo o clitóris das meninas. (N. T.)

cobrir o que tinha sido ensinado, fazendo-se passar por um iniciado, recebíamos informações sobre como desmascará-lo. O meio mais simples, mas não o menos trabalhoso, consiste em frases com refrões assobiados. Existem muitos desses refrões, número suficiente para que o impostor, ainda que excepcionalmente consiga memorizar dois ou três, se veja despistado no quarto, no décimo, ou mesmo no vigésimo! Sempre longos, sempre complicados, esses refrões são impossíveis de repetir se não forem ouvidos inúmeras vezes, se não forem pacientemente aprendidos.

O fato é que é preciso grande paciência para aprendê-los, uma memória exercitada para guardá-los. Às vezes compreendíamos isso. Quando o curandeiro nos julgava rebeldes demais a seu ensinamento — na verdade, nem sempre estávamos atentos —, ele restabelecia energicamente a disciplina, batendo em nossas costas com o pompom de nosso gorro! Isso pode parecer inofensivo, mas se o pompom é volumoso, se é fartamente recheado de algodão, o miolo é duro e o golpe pode ser rude!

Na terceira semana fui autorizado a ver minha mãe. Quando um dos rapazes veio dizer que ela estava na porta, eu corri.

— Ei! Mais devagar! — ele me disse pegando minha mão. — Espere-me!

— Sim, mas vamos logo!

Três semanas! Nunca tínhamos ficado separados por tanto tempo. Quando eu ia nas férias para Tindican, raramente me ausentava mais que dez ou quinze dias, e não era uma ausência que se poderia comparar com a que agora nos separava.

— E então? Você vem? — eu disse.

Eu batia o pé de impaciência.

— Escute! — disse o rapaz. — Escute-me primeiro! Você vai ver sua mãe, recebeu autorização de vê-la, mas deve vê-la da entrada da cerca: não pode ultrapassar a cerca!

— Ficarei na entrada — eu disse. — Mas me deixe ir!

E sacudi a mão dele.

— Iremos juntos — ele respondeu.

Sem largar a minha mão, saímos juntos do casebre. A porta da cerca estava entreaberta. Vários rapazes estavam sentados na entrada; fizeram sinal para que eu não fosse mais longe. Rapidamente cruzei os poucos metros que me separavam da porta e de repente vi minha mãe! Ela estava no caminho, a poucos passos da cerca: ela também não devia se aproximar mais.

— Mãe! — gritei. — Mãe!

De repente senti a garganta seca. Será porque eu não podia me aproximar mais, porque não podia abraçar minha mãe? Será porque tantos dias já nos separavam e muitos dias ainda nos separariam? Não sei. Sei que só conseguia gritar "mãe", e que minha alegria de revê-la bruscamente deu lugar a um estranho abatimento. Devia atribuir essa instabilidade à transformação que ocorrera em mim? Quando eu deixei minha mãe, ainda era uma criança. Agora... Mas eu era realmente um homem agora? Já era um homem?... Eu era um homem! Sim, era um homem! Agora, havia essa distância entre minha mãe e eu: o homem! Era uma distância infinitamente maior que os poucos metros que nos separavam.

— Mãe! — gritei de novo.

Mas dessa vez foi um grito fraco, como um queixume, para mim mesmo, miseravelmente.

— Então, aqui estou! — disse minha mãe. —Vim vê-lo.

— Sim, veio me ver!

E súbito passei do abatimento à alegria. Por que me constrangia? Minha mãe estava ali! Estava na minha frente! Bastavam dois passos e poderia alcançá-la; seguramente a alcançaria não fosse a proibição absurda de ultrapassar a soleira da cerca.

— Estou contente de vê-lo! — minha mãe continuou.

E sorriu. Logo entendi por que sorria. Ela viera um pouco apreensiva, vagamente apreensiva. Embora lhe dessem notícias minhas, embora meu pai lhe desse notícias minhas, e as notícias fossem boas, ela continuava apreensiva: quem garantia que lhe contavam toda a verdade? Mas agora julgava por si mesma, reconhecera pela minha feição que minha convalescença estava de fato no bom caminho, e sentia-se feliz.

— Estou de fato muito contente! — disse.

Mas nada acrescentou: bastava essa alusão distante. Não se deve falar abertamente de cura, menos ainda da própria cura; não é prudente, pode atrair forças hostis.

— Trouxe nozes-de-cola — disse minha mãe.

Abriu a cestinha que segurava na mão e me mostrou as nozes. Um dos rapazes que estava sentado na soleira foi pegá-las e me entregou.

— Obrigado, mãe!

— Agora vou voltar — ela disse.

— Mande um abraço a meu pai, a todo mundo!

— Sim, mandarei.

— Até muito breve, mãe!

— Até muito breve — ela respondeu.

Sua voz tremia um pouco. Entrei logo. A entrevista não tinha durado dois minutos, mas era o permitido; e entre nós havia, o tempo todo, o espaço que não devíamos transpor. Pobre mamãe querida! Sequer pôde me abraçar contra seu peito! Mas tenho certeza de que se afastou muito ereta, muito digna; sempre se mantinha muito ereta, e por se manter tão aprumada, sempre parecia mais alta do que era; e sempre caminhava com dignidade: seu caminhar era naturalmente digno. Podia imaginá-la andando pela estrada, o vestido caindo nobremente, o pano bem ajustado, os cabelos em trança, puxados na nuca. Como essas três semanas devem ter lhe parecido longas!

Caminhei um pouco pelo pátio antes de voltar para o casebre: eu estava triste, novamente estava triste. Teria perdido, junto com a infância, minha despreocupação? Juntei-me aos companheiros, dividi com eles as nozes; o amargor delas, em geral tão gostoso, tão fresco ao paladar quando, depois, bebemos no *canari*, não passava de um simples gosto amargo.

É verdade que meu pai vinha frequentemente; podia me visitar quantas vezes quisesse, mas falávamos de pouquíssimas coisas: essas visitas, no meio de meus companheiros e dos rapazes, não tinham nenhuma intimidade; nossas palavras corriam aqui, corriam ali, nossas palavras se perdiam, e logo ficaríamos sem ter o que dizer, caso os rapazes, os meus companheiros, não participassem, afinal, da conversa.

A quarta semana se passou mais tranquilamente. As feridas estavam, na maioria, cicatrizadas ou no bom caminho, e não havia mais perigo de a cura se interromper. No final da semana estávamos perfeitamente sadios. Os rapazes dobraram nossos gorros altos e descosturaram nossos bubus. Agora usávamos calças largas de homens e estávamos, evidentemente, loucos para nos mostrar: fomos passear na cidade, muito orgulhosos, imensamente orgulhosos de nossos novos trajes, e falando alto, como se já não monopolizássemos o suficiente os olhares.

Mas permanecíamos em grupo, e foi também em grupo que fizemos o giro pelas diversas concessões a que pertencíamos. A cada visita nos festejavam, e nós honrávamos o banquete que nos esperava; agora que estávamos em plena convalescença — vários já estavam plenamente recuperados; eu já estava recuperado havia muito tempo —, nosso apetite estava maravilhosamente aguçado.

Quando um não circuncidado se aproximava perto demais do nosso alegre bando, nós o segurávamos e o chicoteávamos de brincadeira com nossos pompons. No entanto, qualquer contato com as garotas continuava proibido, e era uma proibição que nenhum de nós infringiria: tínhamos sido severamente avisados de que se alguma mulher nos visse intimamente poderíamos ficar estéreis para sempre. Fanta, que reencontrei, me fez um discreto aceno de longe; respondi-lhe da mesma maneira, simplesmente piscando os olhos. Eu ainda a amava? Não sabia. Tínhamos ficado tão isolados, tínhamos voltado tão diferentes do que éramos — embora tivesse passado apenas um mês entre nossa infância e nossa idade de homem —, tão indiferentes ao que tínhamos sido, que eu já não sabia direito o que acontecia comigo. "O tempo", eu pensava, "o tempo me trará um novo equilíbrio." Mas que tipo de equilíbrio? Eu não imaginava ao certo.

Enfim, chegou a hora em que o curandeiro nos considerou perfeitamente restabelecidos e nos entregou a nossos pais. Esse retorno não era definitivo, mas para mim foi, excepcionalmente: eu estava na escola e não podia continuar a participar das excursões que meus companheiros faziam pelas cidades e aldeias dos arredores; não podia mais ajudá-los no trabalho nas terras de nosso curandeiro, em troca dos cuidados que recebíamos. Meus pais fizeram o necessário para me dispensar desses trabalhos.

Quando voltei de vez para minha concessão, toda a família me esperava. Meus pais me abraçaram com força, minha mãe em especial, como se quisesse secretamente afirmar que eu continuava a ser seu filho, e que meu segundo nascimento não mudava minha condição de filho. Meu pai nos observou um momento e depois disse, meio a contragosto:

— Aí está seu casebre, meu filho.

O casebre ficava de frente ao de minha mãe.

— Sim — disse minha mãe —, agora você dormirá ali; mas, sabe, estou ao alcance de sua voz.

Abri a porta do casebre: minhas roupas estavam em cima da cama. Aproximei-me e peguei-as, uma a uma, depois as rearrumei delicadamente; eram roupas de homem! Sim, o casebre ficava em frente ao de minha mãe e ao alcance da voz dela, mas as roupas, sobre a cama, eram roupas de homem!

— Está satisfeito com suas roupas novas? — perguntou minha mãe.

Satisfeito? Sim, estava satisfeito: era óbvio que eu estava satisfeito. Bem, acho que estava satisfeito. Eram belas roupas, eram... Olhei para minha mãe: ela me sorria tristemente...

9

Eu tinha quinze anos quando parti para Conacri. Ia seguir ali o ensino técnico na escola Georges Poiret, que depois se tornou o Colégio Técnico.

Deixava meus pais pela segunda vez. Eu os deixara logo depois de meu certificado de estudos, para servir de intérprete a um oficial que viera fazer levantamentos de campo em nossa região e em direção ao Sudão. Dessa vez, a ausência seria muito mais séria.

Fazia uma semana que minha mãe acumulava as provisões. Conacri fica a cerca de seiscentos quilômetros de Kouroussa, e, para minha mãe, era uma terra desconhecida, praticamente inexplorada, onde só Deus sabe se a gente consegue matar a fome. E era por isso que os cuscuzes, as carnes, os peixes, os inhames, o arroz, as batatas iam se empilhando. Uma semana antes, minha mãe já começara a turnê aos marabutos mais renomados, consultando-os sobre meu futuro e multiplicando os sacrifícios. Mandara imolar um boi pela memória de seu pai e evocara o auxílio de seus ancestrais para que a felicidade me acompanhasse numa viagem que, a seu ver, era como ir a uma terra de selvagens; o fato de Conacri ser a capital da Guiné apenas acentuava a estranheza desse lugar para onde eu ia.

Na véspera de minha partida, um magnífico banquete reuniu em nossa concessão marabutos e feiticeiros, autoridades e amigos, e, para falar a verdade, qualquer um que se desse ao trabalho de transpor a soleira, pois para minha mãe não se devia afastar ninguém; muito pelo contrário, era preciso que representantes de todas as classes da sociedade comparecessem ao banquete, a fim de que uma bênção completa me acompanhasse. Era com essa intenção, aliás, que os marabutos haviam ordenado essa despesa com comida. Assim, cada um, depois de se empanturrar, me abençoava, dizendo ao me apertar a mão:

— Que a sorte o favoreça! Que seus estudos sejam bons! E que Deus o proteja!

Os marabutos usavam fórmulas mais longas. Começavam recitando certos textos do Corão adaptados à circunstância; depois, terminadas suas invocações, pronunciavam o nome de Alá; logo em seguida, me abençoavam.

Passei uma noite triste. Estava muito irritado, meio angustiado também, acordei várias vezes. Em um momento, tive a impressão de ouvir gemidos. Logo pensei em minha mãe. Levantei-me e fui a seu casebre: ela se remexia sobre a cama e lamentava surdamente. Talvez eu devesse ter me mostrado, tentado consolá-la, mas não sabia como ela me receberia, talvez não quisesse ser flagrada se lamentando; e me retirei, com o coração apertado. Será que a vida é assim mesmo, não se pode realizar nada sem pagar um tributo às lágrimas?

Minha mãe me acordou ao amanhecer e eu me levantei sem que ela precisasse insistir. Vi que ela parecia cansada, mas ela se continha, e eu não disse nada: agi como se sua calma aparente de fato me enganasse sobre seu sofrimento. Minhas bagagens estavam amontoadas no casebre. Cuidadosamente apoiada e em evidência, uma garrafa fora acrescentada.

— O que há nessa garrafa? — perguntei.

— Não a quebre! — disse minha mãe.

—Tomarei cuidado.

— Tome muito cuidado! Toda manhã, antes de ir para a aula, beba um gole dessa garrafa.

— É a água que desenvolve a inteligência? — perguntei.

— Essa mesmo! E não há nada mais eficaz: vem de Kankan!

Eu já tinha bebido dessa água: meu professor me mandara bebê-la quando fiz a prova do certificado de estudos. É uma água mágica que tem inúmeros poderes, em especial o de desenvolver o cérebro. A bebida é curiosamente preparada: nossos marabutos têm umas pranchetas nas quais escrevem orações tiradas do Corão; depois de escrever o texto, eles o apagam lavando a prancheta; a água dessa lavagem é cuidadosamente recolhida e misturada com mel, formando o essencial da bebida. Comprada em Kankan, cidade muçulmana e a mais santa de todas, e evidentemente comprada por um alto preço, a bebida devia ser muito eficaz. Já meu pai me entregara na véspera um pequeno chifre de bode contendo talismãs; eu devia carregá-lo comigo o tempo todo, que ele me defenderia dos maus espíritos.

— Agora vá depressa fazer suas despedidas! — disse minha mãe.

Fui me despedir dos velhos de nossa concessão e das concessões vizinhas, e fiquei com o coração apertado. Esses homens, essas mulheres, eu os conhecia desde a mais tenra infância, sempre os vira no mesmo lugar, e também os vira desaparecer, minha avó paterna tinha morrido! Será que eu tornaria a ver esses a quem agora dizia adeus? Tomado por essa incerteza, foi como se de repente eu me despedisse de meu próprio passado. Mas não era um pouco isso? Não deixava ali toda uma parte de meu passado?

Quando voltei para perto de minha mãe, eu a vi aos prantos diante de minhas bagagens e também comecei a chorar. Joguei-me em seus braços e a abracei.

— Mãe! — gritei.

Ouvia-a soluçar, sentia seu peito arfar dolorosamente.

— Mãe, não chore! — disse. — Não chore!

Mas eu mesmo não conseguia conter minhas lágrimas e suplicava a ela que não me acompanhasse à estação, pois tinha a impressão de que nunca seria capaz de me separar de seus braços. Ela me fez sinal de que concordava. Nos abraçamos uma última vez e me afastei quase correndo. Minhas irmãs, meus irmãos, os aprendizes se encarregaram das bagagens.

Meu pai foi logo me encontrar e pegou minha mão, como na época em que eu ainda era criança. Diminuí o passo: eu estava sem coragem, soluçava perdidamente.

— Pai! — disse.

— Estou ouvindo — ele disse.

— É verdade que estou partindo?

— O que mais você estaria fazendo? Sabe que precisa ir.

— É — eu disse.

E recomecei a soluçar.

—Vamos! Vamos, meu filhinho! — ele disse. —Você não é um rapazinho?

Mas sua própria presença, sua própria ternura — e mais ainda agora, que ele segurava a minha mão — tiravam um pouco da coragem que ainda me restava, e ele compreendeu.

— Não irei mais longe — ele disse. —Vamos nos despedir aqui: não convém nos desmancharmos em lágrimas na estação, diante dos seus amigos; e além do mais não quero deixar sua mãe sozinha neste momento, ela está sofrendo muito! Eu também. Nós dois estamos sofrendo muito, mas precisamos ser corajosos. Seja corajoso! Meus irmãos cuidarão de você. Mas estude direito! Estude como você estudava aqui. Fizemos sacrifícios por você; eles não devem ficar sem resultado. Está me ouvindo?

— Sim — eu disse.

Ficou um instante calado, depois continuou:

— Sabe, eu não tive um pai para cuidar de mim, como você; pelo menos não por muito tempo: fiquei órfão aos doze anos e precisei seguir só o meu caminho. Não foi um caminho fácil! Os tios a quem fui confiado me tratavam mais como escravo do que como sobrinho. E nem fiquei muito tempo com eles: quase de imediato me colocaram com os sírios; lá eu era simplesmente um doméstico, e tudo o que ganhava entregava a meus tios, mas nem meus ganhos puderam desarmar a aspereza e a avidez deles. Tive de me sacrificar muito e trabalhar muito para chegar à minha situação. Você... Mas agora chega. Agarre sua chance! E me honre! Não lhe peço nada mais. Você fará isso?

— Farei, pai.

— Bem! Bem... Vamos! Seja corajoso, filhinho. Vá!...

— Pai!

Ele me apertou contra si; nunca tinha me apertado tão forte.

—Vá, filhinho! Vá!

De repente afrouxou o abraço e partiu depressa — sem dúvida não queria me mostrar suas lágrimas —, eu prossegui meu caminho até a estação. Minha irmã mais velha, Sidafa, e os aprendizes mais moços me acompanhavam com minhas bagagens. À medida que avançávamos, amigos se juntavam a nós; Fanta também se juntou ao nosso grupo. Era como se de novo eu estivesse a caminho da escola: todos os meus colegas estavam ali; aliás, nosso grupo nunca tinha sido tão numeroso. E eu não estava, de fato, a caminho da escola?

— Fanta — eu disse —, estamos a caminho da escola.

Mas ela me respondeu apenas com um pálido sorriso, e minhas palavras não tiveram eco. Na verdade, estava a caminho da escola, mas estava sozinho; eu já estava sozinho! Nunca tínhamos sido tantos, e eu nunca estive tão só. Embora minha parte decerto fosse a mais pesada, nós todos carregávamos o peso da separação: mal trocávamos uma rara palavra.

Ficamos na plataforma da estação, esperando o trem, praticamente sem dizer nada; mas o que poderíamos dizer que todos já não estivessem sentindo? Nada precisava ser dito. Vários quimbandas foram saudar minha partida. Assim que cheguei à plataforma, começaram os elogios. "Você já é tão sábio como os brancos! Em Conacri se sentará entre os mais ilustres!" Esses excessos certamente serviam mais para me encabular do que para afagar minha vaidade. Na verdade, o que eu sabia? Minha ciência ainda era muito pequena! E o que eu sabia outros também sabiam: os companheiros que me cercavam sabiam tanto quanto eu! Por mim, teria pedido aos quimbandas que se calassem, ou ao menos que moderassem seus louvores, mas seria contra os costumes, e fiquei quieto. Seus elogios, aliás, talvez não fossem totalmente inúteis: eles me faziam pensar em levar muito a sério meus estudos, ainda que sempre os tenha levado muito a sério; mas tudo que os quimbandas cantavam agora eu me via obrigado a realizar um dia, se não quisesse, em meu retorno, a cada retorno, ficar com cara de burro.

Esses elogios tiveram ainda um outro efeito: distrair-me da tristeza em que eu afundara. De início, sorri, mas logo me senti constrangido. Se meus amigos também perceberam o ridículo da coisa, e decerto perceberam, nada deixaram transparecer; talvez estejamos tão habituados com as hipérboles dos quimbandas que já não lhes damos atenção. Mas, e Fanta? Não, Fanta deve ter achado que esses elogios eram merecidos. Fanta... Fanta sequer esboçava um sorriso: estava com os olhos marejados. Querida Fanta!... Em desespero de causa, lancei um olhar para minha irmã: ela, sem dúvida, compartilhava meus sentimentos, ela sempre compartilhava meus sentimentos; mas a vi simplesmente preocupada com as bagagens: já havia me recomendado várias vezes que cuidasse delas e aproveitou o encontro de olhares para repetir a recomendação.

— Não tenha medo — eu disse. — Cuidarei delas.

—Você se lembra de quantas são? — ela disse.

— Com certeza!

— Bem! Então não as perca. Lembre-se de que vai passar a primeira noite em Mamou: à noite, o trem para em Mamou.

— Será que eu sou uma criança a quem se deve explicar tudo?

— Não, mas não sabe como são as pessoas lá aonde vai. Fique com as bagagens perto de você e de vez em quando conte-as. Fique de olho nelas, está me entendendo?

— Estou — eu disse.

— E não dê confiança ao primeiro que aparecer! Está me ouvindo?

— Estou ouvindo!

Mas já havia algum tempo que eu tinha parado de ouvi-la e parado de sorrir para as hipérboles dos quimbandas: meu sofrimento voltara abruptamente! Meus jovens irmãos puseram suas mãozinhas sobre as minhas, e eu pensava em seu suave calor; pensava também que o trem não demoraria e que eu teria de largar suas mãos e me separar desse calor, me separar dessa suavidade; eu temia ver o trem aparecer, desejava que ele atrasasse: às vezes havia atraso; será que hoje iria atrasar? Olhei a hora e estava atrasado! Estava atrasado!... Mas ele apareceu de repente, e precisei largar as mãos, abandonar essa doçura, como se abandonasse tudo!

No alvoroço da partida, parecia que eu via apenas meus irmãos: estavam aqui, ali, meio perdidos, mas sempre vindo para a frente do grupo; meu olhar os procurava incansavelmente, voltava-se para eles incansavelmente. Será que eu gostava tanto deles assim? Não sei. Era comum ignorá-los: quando ia para a escola, os menores ainda dormiam ou estavam no banho, e quando voltava nunca tinha muito tempo para dedicar a eles; mas agora só tinha olhos para eles. Seria o calor que ainda impregnava minhas mãos e me lembrava de que meu pai, pouco antes, também pegara minha mão? Sim, talvez; talvez esse último calor que era o do meu casebre natal.

Passaram-me as bagagens pela janela e espalhei-as ao meu redor; minha irmã provavelmente me fez uma última recomendação, tão inútil como as anteriores; e com certeza cada um teve uma palavra gentil, assim como Fanta, assim como Sidafa; mas nessa movimentação de mãos e lenços que saudava a partida do trem, na verdade eu via apenas meus irmãos que corriam ao longo da plataforma, ao longo do trem, gritando adeus. Minha irmã e Fanta se juntaram a eles no final da plataforma.

Vi meus irmãos abanarem o boné, minha irmã e Fanta acenarem com o lenço, e então, de repente, os perdi de vista; e os perdi de vista bem antes que o afastamento do trem me obrigasse a isso: é que uma bruma repentina os envolveu, as lágrimas turvaram minha visão... Por muito tempo fiquei no meu canto, meio prostrado, as bagagens espalhadas ao meu redor, com essa última visão: meus irmãozinhos, minha irmã, Fanta...

Por volta do meio-dia, o trem chegou a Dabola. Finalmente eu tinha arrumado e contado minhas bagagens; começava a recobrar um pouco de interesse pelas coisas e pelas pessoas. Ouvi falarem fula: Dabola fica na entrada da terra dos fulas. A grande planície onde eu vivera até então, essa planície tão rica, e também tão pobre, às vezes tão avara com seu solo queimado, mas com um aspecto tão familiar, tão amigo, cedia lugar às primeiras colinas do Fouta Djalon.

O trem partiu para Mamou e logo as altas falésias do maciço apareceram. Barravam o horizonte, e o trem partia à sua conquista; mas era uma conquista muito lenta, quase desesperada, tão lenta e tão desesperada que às vezes o trem ia pouco além do passo humano. Essa terra nova para mim, nova demais para mim, muito atormentada, me desconcertava mais que encantava; sua beleza me escapava.

Cheguei a Mamou pouco antes do fim do dia. Como o trem só parte dessa cidade no dia seguinte, os viajantes pernoitam onde conseguem, no hotel ou na casa de amigos. Um ex-aprendiz de meu pai, avisado de minha passagem, me hospedou naquela noite. Esse aprendiz se mostrou muito gentil em suas palavras; mas na verdade — talvez não tenha se lembrado do contraste dos climas —, alojou-me num casebre escuro, no alto de uma colina, onde tive todo o tempo — mais tempo do que desejava! — de sentir a noite fria e o ar seco de Fouta Djalon. Decididamente, a montanha não me dizia nada! No dia seguinte, peguei o trem de novo e houve uma reviravolta em mim: seria, já, a adaptação? Não sei; mas minha opinião sobre a montanha mudou radicalmente, tanto que não saí da janela por um segundo durante o percurso de Mamou a Kindia. Olhava, agora encantado, a sucessão de cumes e precipícios, de rios e quedas-d'água, de encostas arborizadas e vales profundos. A água jorrava por todo lado, dava vida a tudo. O espetáculo era admirável, mas também meio aterrorizante, quando o trem se aproximava demais dos precipícios. E como o ar era de uma pureza extraordinária, via-se tudo nos menores detalhes. Era uma terra feliz, ou que parecia feliz. Inúmeros rebanhos pastavam e os pastores nos saudavam na passagem do trem.

Na parada em Kindia, deixei de ouvir fula: as pessoas falavam sosso, dialeto também falado em Conacri. Prestei atenção por alguns instantes, mas quase tudo me escapava das palavras que trocavam.

Agora descíamos rumo à costa e a Conacri, o trem rodava, rodava; se fora difícil escalar o maciço, a descida era rápida, alegre. A paisagem, porém, já não era a mesma que havia entre Mamou e Kindia, o pitoresco não era o mesmo: aqui a terra era menos movimentada, menos rústica e já domesticada, grandes extensões de bananeiras e palmeiras simetricamente plantadas se seguiam monótonas. O calor também era pesado, e ficava mais pesado à medida que nos aproximávamos das terras baixas e da costa e a umidade aumentava; naturalmente, o ar perdera muito de sua transparência.

Já era noite quando se descobriu a península de Conacri, intensamente iluminada. Avistei-a de longe, como uma grande flor clara pousada sobre as ondas; sua haste a prendia à margem. A água ao redor brilhava suavemente, brilhava como o céu; mas o céu não tem esse estremecimento! Quase de imediato a flor começou a crescer, e a água recuou, por ainda um instante, a água se manteve dos dois lados da haste, depois desapareceu. Agora nos aproximávamos depressa. Quando chegamos à luz da península e no meio da flor, o trem parou.

Um homem de alto, cuja presença se impunha, veio ao meu encontro. Eu nunca o tinha visto — ou, se o vira, era muito novo para me lembrar — mas, pelo jeito como me olhava, adivinhei ser o irmão de meu pai.

— O senhor é meu tio Mamadou? — perguntei.

— Sim — ele disse —, e você é meu sobrinho Laye. Logo o reconheci: você é a cara de sua mãe! Realmente, não poderia deixar de reconhecê-lo. Me diga, como vai sua mãe? E seu pai?… Mas, venha! Teremos muito tempo para conversar. O importante agora é você jantar e depois descansar. Venha comigo e encontrará seu jantar pronto e seu quarto preparado.

Aquela foi a primeira noite que passei numa casa europeia. Não sei se foi a falta de hábito, o calor úmido da cidade ou o cansaço de dois dias de trem, o fato é que dormi mal. Mas era uma casa muito confortável a do meu tio, e o quarto em que dormi era suficientemente espaçoso, a cama com certeza macia, mais macia do que todas em que até então eu havia me deitado; e ainda fui recebido muito calorosamente, recebido como um filho poderia ser; mas nada importava: sentia saudades de Kouroussa, sentia saudades do meu casebre! Meu pensamento estava o tempo todo voltado para Kouroussa: revia minha mãe, meu pai, revia meus irmãos e minhas irmãs, revia meus amigos. Estava em Conacri, mas não completamente: continuava em Kouroussa, apesar de não estar mais lá! Estava aqui e estava lá: sentia-me dilacerado. E me sentia muito só, apesar da recepção afetuosa que recebera.

— E então — disse meu tio quando me apresentei a ele no dia seguinte —, dormiu bem?

— Dormi — respondi.

— Não — ele disse —, talvez não tenha dormido bem. A mudança foi meio brusca. Mas tudo é questão de se acostumar. Na próxima noite você já descansará melhor. Não acha?

— Acho.

— Bem. E hoje, o que pensa em fazer?

— Não sei. Não tenho que visitar a escola?

— Faremos a visita amanhã, iremos juntos. Hoje você vai visitar a cidade. Aproveite seu último dia de férias. Está de acordo?

— Sim, tio.

Visitei a cidade. Era muito diferente de Kouroussa. As avenidas eram traçadas a régua e se cortavam em ângulo reto. Eram ladeadas por mangueiras que, em algumas partes, formavam alamedas arborizadas; a sombra densa era sempre bem-vinda, pois o calor era sufocante, ainda que não fosse muito mais forte que em Kouroussa — talvez até fosse menos —, mas era saturado de umidade num nível inimaginável. As casas eram todas cercadas de flores e folhagens; muitas ficavam meio perdidas no verde, escondidas naquela enorme fartura de verde. E depois vi o mar!

O mar surgiu de repente, no final de uma avenida, e fiquei um bom tempo olhando sua imensidão, olhando as ondas se seguirem e se perseguirem até finalmente se quebrarem nas rochas vermelhas da praia. Ao longe apareciam as ilhas, muito verdes apesar da névoa que as envolvia. Achei o espetáculo mais surpreendente que se poderia ver; do trem e à noite eu apenas o entrevira, sem ter uma noção exata da extensão do mar e menos ainda de seu movimento, do fascínio que nasce de seu incansável movimento; agora o espetáculo estava diante dos meus olhos e era difícil me afastar.

— E então, o que achou da cidade? — perguntou meu tio quando voltei.

— Fantástica! — eu disse.

— Sim — ele disse —, embora um pouco quente a julgar pelo estado das suas roupas. Você está encharcado! Vá se trocar. Aqui é preciso se trocar várias vezes ao dia. Mas não demore: o jantar deve estar pronto, e com certeza suas tias estão loucas para servi-lo.

Meu tio morava na casa com suas duas mulheres, minhas tias Awa e N'Gady, e um irmão caçula, o tio Sékou. Minhas tias, assim como meus tios, tinham cada uma sua casa própria, que era ocupada por seus filhos.

Minhas tias Awa e N'Gady desenvolveram grande afeto por mim desde a primeira noite, chegando a ponto de, em pouco tempo, não fazer mais diferença entre seus próprios filhos e eu. As crianças, muito mais novas, não souberam que eu era apenas um primo: pensavam que eu era um irmão mais velho, e de fato logo me trataram como tal; o dia mal chegava ao fim e elas já me cercavam e subiam no meu colo! Depois, quando me habituei a passar todos os dias de folga na casa de meu tio, as crianças passaram a espreitar minha chegada: assim que me ouviam ou avistavam, vinham correndo; e se estivessem ocupadas com suas brincadeiras e não viessem logo, minhas tias ralhavam com elas. "Como!", diziam. "Faz uma semana que não veem seu irmão mais velho e não correm para lhe dar bom-dia?" Sim, realmente, minhas duas tias se esforçavam para substituir minha mãe e perseveraram durante toda a minha estadia. A indulgência delas chegava a ponto de nunca me recriminarem por alguma inabilidade, tanto que certas vezes me sentia encabulado. Eram profundamente boas e bem-humoradas; e logo percebi que se entendiam muito bem uma com a outra. Na verdade, ali eu vivia no seio de uma família muito unida, da qual toda e qualquer gritaria estava decididamente banida. Penso que a autoridade, aliás muito serena e quase secreta, de meu tio Mamadou fundamentava essa paz e essa união.

Meu tio Mamadou era um pouco mais moço que meu pai; era alto e forte, sempre vestido corretamente, calmo e digno; era um homem que se impunha de imediato. Como meu pai, nascera em Kouroussa, mas abandonou cedo a cidade; lá, frequentara a escola, e depois, como eu fazia agora, prosseguiu seus estudos em Conacri e os concluiu na Escola Normal de Goré. Não creio que tenha sido professor por muito tempo: logo foi atraído pelo comércio. Quando cheguei a Conacri, ele era contador-chefe num estabelecimento francês. Pouco a pouco, fui conhecendo-o, e quanto mais aprendi a conhecê-lo, mais o amei e respeitei.

Era muçulmano, e eu poderia dizer, como nós todos somos; mas, na verdade, ele o era muito mais do que normalmente somos: sua observância ao Corão era estrita. Não fumava, não bebia e sua honestidade era escrupulosa. Usava roupas europeias apenas para ir ao trabalho; assim que voltava, vestia um bubu, que devia estar imaculado, e fazia suas orações. Ao sair da Escola Normal, iniciara o estudo do árabe; aprendera essa língua a fundo, e sozinho, com a ajuda de livros bilíngues e um dicionário; agora a falava com a mesma fluência que do francês, e não se vangloriava por isso, pois foi para melhor conhecer a religião que resolvera aprendê-la: o que o guiou foi o imenso desejo de ler o Corão fluentemente no original. O Corão regia sua vida! Nunca vi meu tio com raiva, nunca o vi em discussão com suas mulheres; sempre o vi calmo, senhor de si e infinitamente paciente. Em Conacri, tinham grande consideração por ele, e bastava que eu dissesse que era seu parente para que uma parte de seu prestígio se transferisse para mim. A meu ver, parecia um santo.

Meu tio Sékou, o mais moço de meus tios paternos, não tinha essa intransigência. De certa forma, era mais próximo de mim: sua juventude nos aproximava. Ele tinha uma exuberância que me agradava muito e que se traduzia por uma grande loquacidade. Assim que começava a falar, tio Sékou não parava mais. Eu o ouvia de bom grado — todos o ouviam de bom grado —, pois nada do que dizia era insignificante, e ele falava com maravilhosa eloquência. Acrescento que sua exuberância tinha profundas qualidades e que essas qualidades eram sensivelmente idênticas às de meu tio Mamadou. Na época em que o conheci ainda não era casado, era apenas noivo, um motivo a mais para aproximá-lo de mim. Era empregado da estrada de ferro Conacri-Niger. Também sempre foi perfeito comigo, e como a idade impunha menos distância entre nós, foi como um irmão mais velho para mim, mais que um tio.

Terminado o último dia de férias, meu tio Mamadou me levou para a nova escola.

— Agora estude pra valer — me disse — e Deus o protegerá. Domingo você me contará suas impressões.

No pátio me deram as primeiras indicações; no dormitório, onde fui guardar minhas roupas, encontrei alunos vindos da Alta Guiné, como eu, e nos apresentamos; não me senti só. Um pouco mais tarde, entramos na sala de aula. Estávamos juntos, antigos e novos, numa mesma grande sala. Preparei-me para estudar dobrado, pensando em já tirar proveito do ensino que dariam aos veteranos, evidentemente aproveitando também o que me dariam; mas logo percebi que não faziam grande diferença entre os antigos e os novatos: mais parecia que se preparavam para repetir aos veteranos, pela segunda, talvez pela terceira vez, o curso que era repetido desde o primeiro ano. "Bem, veremos!", pensei; mas fiquei perturbado: esse procedimento não me parecia de bom augúrio.

Começaram com um ditado muito simples. Quando o professor corrigiu os trabalhos, custei a compreender que pudesse haver tantos erros. Era, como eu disse, um texto muito simples, sem surpresas, em que nenhum de meus colegas de Kouroussa teria tropeçado. Depois nos deram um problema para resolver; fomos, exatamente, dois a encontrar a solução! Fiquei arrasado: era essa a escola que me daria acesso a um nível superior? Parecia que eu tinha recuado vários anos, que ainda estava sentado numa das turmas dos pequenos em Kouroussa. Mas era isso mesmo: a semana passou sem que eu aprendesse nada. No domingo reclamei muito a meu tio:

— Nada! Não aprendi nada, meu tio! Tudo o que foi ensinado eu já sabia há um tempão. Será que vale mesmo a pena ir a essa escola? Acho melhor voltar para Kouroussa imediatamente!

— Não — disse meu tio —, não! Espere um pouco!

— Não há o que esperar! Já vi que não há nada a esperar.

— Ora! Não seja tão impaciente! Você é sempre tão impaciente? Essa escola onde você está talvez esteja num nível muito baixo quanto ao ensino geral, mas pode lhe dar uma formação prática que você não encontrará em outro lugar. Você não trabalhou nas oficinas?

Mostrei-lhe minhas mãos: estavam cheias de arranhões e as pontas dos dedos me queimavam.

— Mas não quero virar operário! — eu disse.

— Por que viraria?

— Não quero que me desprezem!

Aos olhos das pessoas em geral, havia uma diferença enorme entre os alunos de nossa escola e os do colégio Camille Guy. Nós éramos considerados simplesmente como futuros operários; sem dúvida, não seríamos meros serventes de pedreiros, mas, no máximo, chegaríamos a contramestres; nunca, como os alunos do colégio Camille Guy, teríamos acesso às escolas de Dacar.

— Escute-me atentamente — disse meu tio. — Todos os alunos que vêm de Kouroussa sempre desprezaram a escola técnica, sempre sonharam com uma carreira de gente que escreve. É uma carreira dessas que você ambiciona fazer? Uma carreira em que vocês serão eternamente treze pelo preço de doze? Se realmente a sua escolha for uma carreira dessas, mude de escola. Mas pense bem, guarde bem o seguinte: se eu tivesse vinte anos menos, se tivesse de refazer meus estudos, não teria feito a Escola Normal; não! Teria aprendido uma boa profissão numa escola profissional: um bom ofício me teria levado muito mais longe!

— Mas então — retruquei — eu poderia muito bem não ter abandonado a forja paterna!

— Poderia não tê-la abandonado. Mas me diga, nunca teve a ambição de ir além?

Ora, eu tinha essa ambição; mas não era me tornando um trabalhador manual que a realizaria; assim como a opinião comum, eu não tinha consideração por esses trabalhadores.

— Mas quem está falando de trabalhador manual? — perguntou meu tio. — Um técnico não é necessariamente um trabalhador manual, em todo caso, não é apenas isso: é um homem que dirige e que sabe pôr a mão na massa se for necessário. Ora, nem todos que dirigem empresas sabem pôr a mão na massa, e sua superioridade será justamente essa. Acredite em mim: fique onde está! Aliás, vou lhe contar uma coisa que você ainda ignora: sua escola vai passar por uma reorganização. Logo você verá grandes mudanças por lá, e o ensino geral já não será inferior ao do colégio Camille Guy.

Será que os argumentos de meu tio conseguiram me convencer? Talvez não plenamente. Mas meu tio Sékou e minhas tias também insistiram, e acabei ficando na escola técnica.

Quatro dias em seis eu trabalhava nas oficinas, limando pedaços de ferro ou aplainando tábuas sob a direção de um monitor. Era um trabalho aparentemente fácil e nem um pouco chato, porém menos fácil do que parecia à primeira vista, porque a falta de hábito, em primeiro lugar, e depois as longas horas que passávamos em pé diante da bancada acabavam por torná-lo sofrido. Não sei como — talvez por ter ficado muito tempo em pé, ou talvez fosse alguma inflamação causada pelas limalhas de metal ou farpas de madeira —, meus pés incharam e formou-se uma ferida. Acho que em Kouroussa teria sido um mal benigno, acho até que nem teria se manifestado, mas ali, naquele clima quente e supersaturado de umidade, nesse clima ao qual o corpo não tivera tempo de se adaptar, a ferida rapidamente aumentou e me hospitalizaram.

De imediato, fiquei desanimado. A comida mais que espartana que serviam nesse hospital, aliás magnífico, não era propriamente feita para animar o estado de espírito. Mas assim que minhas tias souberam o que acontecera, passaram a ir todo dia me levar as refeições; meus tios também me visitaram e me fizeram companhia. Sem eles e elas, eu teria me sentido um verdadeiro miserável, abandonado nessa cidade cujo espírito me era estranho, o clima hostil, e cujo dialeto me escapava quase por completo: ao meu redor só se falava sosso; e eu sou malinqué; fora o francês, só falo malinqué.

E além disso achava uma estupidez ficar deitado de papo para o ar, respirando o ar pegajoso, transpirando dia e noite; achava mais estúpido ainda não estar sequer na escola e ter que aturar esse ar sufocante e essa imobilidade sem nenhum proveito. O que fazia senão perder lamentavelmente meu tempo? Ora, a ferida não sarava! Não piorava, mas tampouco melhorava: ficava no mesmo ponto...

O ano letivo foi passando lentamente, muito lentamente; na verdade, achei-o interminável, tão interminável quanto as longas chuvas que, dias a fio, às vezes semanas inteiras, batiam no zinco ondulado dos telhados; tão interminável quanto minha cura! Depois, por uma esquisitice que não sei explicar, o fim desse ano letivo coincidiu com meu restabelecimento. Já era mais que tempo: eu sufocava! Fervia de impaciência!...
Voltei para Kouroussa como para uma terra prometida!

10

Quando retornei a Conacri em outubro, depois das férias, a reorganização de que meu tio falara estava no auge: a escola estava irreconhecível. Novas salas tinham sido construídas, um novo diretor havia sido nomeado e professores vieram da França. Logo recebi um ensino técnico irrepreensível e um ensino geral suficientemente aprofundado. Eu não tinha mais nada a invejar dos alunos do colégio Camille Guy: eu recebia o mesmo ensino que eles, e de quebra um ensino técnico e prático do qual eles não se beneficiavam. Os antigos alunos tinham desaparecido: a estrada de ferro Conacri-Niger os contratara em bloco. Assim, tudo começou, tudo recomeçou conosco, alunos do primeiro ano. Meu tio Mamadou não se enganara e não me tapeara. Eu aprendia, me esforçava e, a cada trimestre, meu nome constava do quadro de honra. Meu tio exultava.

Foi nesse ano, nesse primeiro ano, já que o anterior não contava, que fiz amizade com Marie.

Quando penso nessa amizade, e costumo pensar, costumo sonhar com ela — sonho com ela sempre! —, parece-me que não houve nada, durante esses anos, que a tenha superado, nada, nesses anos de exílio, que mais tenha aquecido meu coração. E, como já disse, afeto não me faltava: minhas tias, meus tios me dedicavam grande afeição; mas eu estava naquela idade em que o coração só se satisfaz quando encontra um objeto para se apegar, e em que só aceita inventá-lo na ausência de qualquer imposição, a não ser a sua própria imposição, a mais poderosa, a mais imperiosa de todas. Mas, de algum modo, não continuamos sempre nessa idade, não somos sempre devorados por esse desejo violento? Sim, acaso temos sempre o coração realmente tranquilo?...

Marie era aluna da escola primária superior das moças. Seu pai, antes de estudar medicina e se instalar em Beyla, fora colega de estudos de meu tio Mamadou e ficaram muito ligados, tanto que Marie passava todos os domingos com a família de meu tio, onde encontrava, como eu, o calor de um lar. Era mestiça, muito clara de pele, quase branca na verdade, e muito bonita, com certeza a moça mais bonita da escola primária superior; para mim, era bela como uma fada! Era meiga e simpática, com um humor admirável. E ainda tinha os cabelos excepcionalmente compridos: suas tranças caíam-lhe até os quadris.

No domingo, ela chegava cedo à casa de meu tio; em geral mais cedo do que eu, que ficava perambulando pelas ruas. Assim que chegava, percorria toda a casa e cumprimentava cada um; depois, costuma se instalar com minha tia Awa: guardava sua pasta, tirava sua roupa europeia, vestia a túnica guineana, que dá mais liberdade aos movimentos, e ajudava tia Awa nos afazeres domésticos. Minhas tias gostavam muito dela, tanto quanto de mim, mas se divertiam ao provocá-la se referindo a mim:

— E então, Marie — diziam —, onde se meteu o seu marido?

— Ainda não tenho marido — dizia Marie.

— Verdade? — dizia tia N'Gady. — Achei que nosso sobrinho fosse seu marido.

— Eu não tenho idade! — dizia Marie.

— E quando terá idade? — retrucava tia N'Gady.

Então Marie se contentava em sorrir.

— Sorriso não é resposta — dizia tia Awa. — Você não pode dar uma resposta mais clara?

— Eu não respondi nada, tia Awa!

— É exatamente o que não aceito! Quando eu tinha a sua idade, era menos misteriosa.

— Eu sou misteriosa, tia? Fale-me de quando você tinha a minha idade: bonita como é, certamente enfeitiçava todo o cantão!

— Olhem só a sabidinha! — exclamava tia Awa. — Eu falo dela e ela responde falando de mim! E, não contente, fala de meus supostos sucessos! Será que todas as moças que frequentam a escola primária superior são tão espertas como você?

Minhas tias muito cedo perceberam nossa amizade e a aceitaram; mas não era só isso: elas a estimulavam! Gostavam igualmente de nós dois e desejavam, sem levar em conta nossa juventude, que ficássemos noivos. Mas elas pediam mais, infinitamente mais do que nossa timidez permitia.

Quando eu chegava da escola, também começava a percorrer a casa, parando um pouco com cada um para dar bom-dia e trocar umas palavrinhas, geralmente demorando mais com meu tio Mamadou, que gostava de saber em detalhes o que eu tinha aprendido e de controlar o que eu tinha feito. Assim, quando ia ver tia Awa, ela me recebia invariavelmente com as seguintes palavras:

— E mais uma vez você deixou a senhora Camara número três esperando!

A sra. Camara número três era como se referia a Marie, tia Awa era a sra. Camara número um, e tia N'Gady usava o número dois. Eu entrava na brincadeira e me inclinava diante de Marie.

— Bom dia, senhora Camara número três — dizia.

— Bom dia, Laye — ela respondia.

E nos dávamos um aperto de mão. Mas tia Awa nos julgava muito retraídos e suspirava.

— Como vocês são acanhados! — ela dizia. — Palavra, nunca encontrei gente tão acanhada assim!

Eu me esquivava, sem responder: não tinha a resposta na ponta da língua como Marie, e logo tia Awa me deixava sem jeito. Eu recomeçava minhas visitas, com meus primos no meu encalço ou agarrados em mim, os menores no meu colo ou em meus ombros. Finalmente, sentava onde me desse vontade, em geral no jardim, pois a turminha que me cercava era particularmente barulhenta, e brincava com meus primos, esperando que me trouxessem o que comer.

Eu sempre chegava de barriga vazia, pavorosamente vazia, primeiro porque tinha um natural bom apetite, depois porque ficava sem comer nada desde a manhã: no meu dia de folga seria um pecado tocar na gororoba da escola; e eu não tocava, considerando que os outros seis dias da semana eram mais que suficientes! Minhas tias que, nesses dias, caprichavam na cozinha, gostariam que eu fizesse a refeição junto com Marie; mas eu podia? Não, eu não me permitiria, e tampouco creio que Marie desejasse: certamente teríamos vergonha de comer um na frente do outro. Tamanho era, na verdade, nosso pudor — incompreensível e quase chocante, no entender de minhas tias, mas que Marie e eu sequer púnhamos em discussão — e tamanho era nosso respeito às regras. Só começávamos a pensar em nos aproximarmos depois da refeição.

Era quase sempre nas dependências de meu tio Sékou que então nos instalávamos: seu quarto era o mais calmo da casa. Não que tio Sékou se privasse de falar — eu disse que ele tinha prodigiosos recursos de orador! —, mas, não sendo casado, saía muito, e ficávamos sozinhos!

Meu tio nos deixava sua vitrola e seus discos, e Marie e eu dançávamos. Dançávamos com infinito recato, mas isso é óbvio: não temos o costume de dançar junto, abraçado; dançamos frente a frente, sem nos tocar; no máximo nos damos a mão, e nem sempre. Devo acrescentar que nada convinha melhor à nossa timidez? Isso também era óbvio. Mas teríamos dançado se o costume fosse se abraçar? Não sei ao certo. Acho que teríamos evitado, embora tivéssemos, como todos os africanos, a dança no sangue.

E, além disso, fazíamos mais que dançar: Marie tirava da pasta seus cadernos e pedia minha ajuda. Era a ocasião — minha melhor ocasião, eu acreditava! — de mostrar meus talentos, e eu não a perdia, explicava tudo, não deixava passar um detalhe.

— Está vendo — eu dizia —, você procura primeiro o cociente de… Marie! Está me ouvindo?

— Estou!

— Então guarde bem: para começar, você procura…

Mas Marie ouvia pouco, muito pouco; talvez até não ouvisse nada; bastava ver a solução se inscrever embaixo do problema que, sem mim, ela teria desistido de resolver; o resto a preocupava pouco: os detalhes, os porquês, como, o tom pedante que sem dúvida eu adotava, tudo isso não lhe importava; e ela ficava com os olhos vagos. Com que estaria sonhando? Não sei. Talvez eu devesse dizer: não sabia naquela época. Se hoje penso nisso, pergunto-me se não sonhava com nossa amizade; e talvez me engane. Talvez! Mas vejo que aqui preciso me explicar.

Marie gostava de mim, eu gostava dela, mas não dávamos a nosso sentimento o suave, o temível nome de amor. E talvez também não fosse exatamente amor, embora fosse também. O que era? Exatamente, o que era? Era, com certeza, algo grande, nobre: uma ternura maravilhosa e uma imensa felicidade. Quero dizer uma felicidade sem mistura, pura, essa felicidade que o desejo ainda não perturba. Sim, talvez mais felicidade que amor, embora não exista felicidade sem amor, embora não pudesse segurar a mão de Marie sem estremecer, embora não pudesse sentir seus cabelos me roçarem sem me emocionar em segredo. Na verdade, felicidade e calor! Mas talvez seja justamente isso o amor. Com certeza era o amor como as crianças o sentem; e ainda éramos crianças! Oficialmente, tinha me tornado um homem: era iniciado; mas isso basta? É apenas a idade que faz o homem, e eu não tinha a idade... Será que Marie tinha outra concepção de nossa amizade? Não creio. Era mais informada que eu? As moças costumam ser mais informadas, mas não penso que Marie fosse mais que eu, e seu próprio recato — nosso recato comum — me persuadiria mais do contrário, embora a seu redor houvesse uma explosão de paixões de que ela devia ter alguma noção. Mas, na verdade, ela tinha essa noção? Não sei. Já não sei se sua atitude era consciente ou se era puramente instintiva, mas sei, lembro-me de que Marie permanecia surda a essa explosão.

É que eu não era o único a gostar de Marie, embora talvez fosse o único a gostar dela com essa inocência: na verdade, todos os meus colegas gostavam de Marie! Quando, cansados de ouvir discos, de dançar e com os deveres terminados, íamos passear e eu levava Marie no quadro de minha bicicleta, os rapazes de Conacri, em especial meus colegas de escola e os alunos do Camille Guy, nos acompanhavam com olhares de inveja. Todos gostariam de ter Marie como companheira de passeio, mas Marie não tinha olhos para eles, só tinha para mim.

Não lembro disso para me gabar, se bem que na época eu ficasse todo prosa com minha sorte; não, lembro disso com uma pungente ternura, lembro e sonho com isso, sonho com uma melancolia inefável, porque houve aí um momento de minha juventude, um último e frágil momento em que minha juventude se incendiava com um fogo que não iria mais reencontrar e que, agora, tem o encanto agridoce das coisas para sempre desvanecidas.

Em geral eu pedalava rumo à orla. Lá, nos sentávamos e olhávamos o mar. Eu gostava de olhar o mar. Quando, ao chegar a Conacri, andando pela cidade descobri repentinamente o mar, fui conquistado de imediato. Essa grande planície... Sim, talvez essa grande planície líquida me lembrasse outra: a grande planície da Alta Guiné onde eu tinha vivido... Não sei. Mas, mesmo supondo que a atração que o mar exercia em meu espírito tivesse esmorecido desde a primeira descoberta, nem por isso eu deixaria de contemplá-lo, de me sentar à beira-mar, pois tudo o que Marie mais apreciava era sentar ali e olhar o mar, olhar até não aguentar mais.

O mar é muito bonito e cintilante quando se olha da orla: é verde-azulado nas margens, casando o azul do céu com o verde lustrado dos coqueiros e das palmeiras da costa, e debruado de espuma, já debruado de irisações; mais adiante é como que inteiramente nacarado. As ilhotas de coqueiros que avistamos ao longe numa luz levemente velada, vaporosa, têm uma tonalidade tão suave, tão delicada, que a alma fica meio extasiada. E, depois, do alto-mar vem uma brisa que, mesmo fraca, ajuda a abrandar o calor de estufa da cidade.

— Estamos respirando! — eu dizia. — Finalmente, estamos respirando!

— Sim — dizia Marie.

— Está vendo aquelas ilhas lá longe? Aposto que lá se deve respirar melhor que na orla.

— Com certeza! — dizia Marie.

—Você não gostaria de ir lá?

— Onde? — perguntava. — Nas ilhas? Mas tem o mar!

— Bem! Claro que tem o mar.

— Mas ninguém vai até essas ilhas: são ilhas perdidas!

— Os pescadores vão. Pegaríamos um barco e meia hora depois atracaríamos.

— Um barco? — dizia Marie.

E com o olhar ela avaliava a violência das ondas que iam quebrar nos rochedos vermelhos da praia.

— Não gostaria de entrar num barco — afirmava ela. — Não está vendo como o mar é bravo?

Sim, o mar era bravo, quebrava com força na costa. Um barco era coisa muito frágil para se aventurar nessa força. Os pescadores não hesitavam, mas nós não éramos pescadores. Seria preciso conhecer as manobras, como eles, conhecer os lugares onde o mar é menos forte e como ele se deixa dominar; eu não sabia nada do mar! Na verdade, tinha me aventurado no Niger, mas o mar era muito mais potente. O Niger corria com uma força serena; era sereno; só se zangava um pouco na época da cheia. Já o mar nunca era tranquilo: nunca deixava de se levantar com uma força indomável.

— Poderíamos pedir aos pescadores que nos levassem — eu dizia.

— Por que pedir a eles? — dizia Marie. —Você não precisa deles para ir, nem sequer precisa de barco: basta olhar! Se olhar para as ilhas muito tempo, se conseguir olhar sem piscar, olhar bastante tempo para ver uma ilha tremer, é como se tivesse atracado: você está na ilha!

— Acha?

— Escute só! Você consegue até mesmo ouvir a brisa nos coqueiros; pode ouvir o balanço dos coqueiros.

Mas era acima de nós, era no alto dos coqueiros plantados na beira do litoral que a brisa passava, somente as palmas dos coqueiros balançavam. E o encantamento de repente acabava: estourávamos de rir.

Do que mais falávamos? Da escola, evidentemente: trocávamos as últimas fofocas sobre as nossas escolas; talvez também evocássemos lembranças, talvez eu falasse de Kouroussa e de minhas temporadas em Tindican. Mas, do que mais? Não sei, já não sei. Certamente não nos escondíamos nada, a não ser nossa amizade, a não ser nossos corações; nossos corações que eram como as ilhas que olhávamos estremecer ao longe numa luz velada: podíamos nos transportar para lá em pensamento, mas não devíamos abordá-los pela palavra. Nossa amizade estava em nós, enterrada no mais profundo de nós. Devia permanecer secreta: uma palavra, uma só palavra talvez a tivesse assustado; uma palavra também a teria quase inevitavelmente transformado, e não queríamos que ela se transformasse: gostávamos dela tal como era. Pode parecer que entre nós havia tudo e nada; mas não! Havia tudo, não havia o nada: ninguém nunca foi tão próximo de meu coração como Marie, ninguém viveu em meu coração como Marie!

Agora a noite se aproximava e precisávamos voltar para casa. "O dia já acabou?", eu pensava ao pedalar. Sim, esse domingo já chegava ao fim. Durante a semana, o tempo era imóvel; no domingo corria disparado, da manhã à noite, sem parar! Corria tão depressa nos domingos de chuva, quando ficávamos trancados em casa, como nos domingos de sol; e a cortina de chuva, essa terrível cortina de chuva de Conacri, tão enfadonha, tão interminável quando caía diante das janelas da escola, permanecia clara quando eu estava perto de Marie…

Assim passaram esses anos. Eu estava longe de meus pais, longe de Kouroussa, longe de minha grande planície natal e pensava muito neles, volta e meia pensava em Kouroussa, pensava em Tindican, e no entanto passava todo domingo em família, numa família em que todos gostavam de mim, e eu gostava de todos — e Marie me dava sua amizade! Eu estava longe, mas não era infeliz.

No fim do terceiro ano, apresentei-me para o certificado de aptidão profissional. Avisaram-nos que seria exigida média seis nas provas técnicas e clássicas, e que o júri seria formado pelos engenheiros que moravam em Conacri. Depois a escola designou os catorze candidatos que pareciam os mais aptos a se apresentar, e felizmente eu estava entre eles.

Queria a todo custo ter o meu certificado. Tinha dado duro por três anos; nunca perdera de vista a promessa feita a meu pai, e menos ainda a que fizera a mim mesmo; o tempo todo me mantivera entre os três primeiros, e tinha alguns motivos para esperar que no exame não seria diferente. No entanto, escrevi à minha mãe pedindo que ela fizesse uma visita aos marabutos e conseguisse a ajuda deles. Devo deduzir que eu era especialmente supersticioso nessa época? Não creio. Era simplesmente, muito simplesmente, alguém que acreditava; acreditava que nada se obtém sem a ajuda de Deus, e que se a vontade de Deus é desde sempre determinada, ela não está fora de nós mesmos; quer dizer, sem que nossas atitudes, ainda que também sendo previstas, tenham de certa maneira pesado sobre essa vontade; e acreditava que os marabutos seriam meus intercessores naturais.

Minhas tias fizeram sacrifícios e ofereceram nozes-de--cola às diversas pessoas que os marabutos consultados lhes indicaram. Eu as vi muito ansiosas com minha sorte; não creio que estivessem menos que minha própria mãe. Marie estava mais ainda, se é que era possível: ela era bastante indiferente a seus próprios estudos, mas não sei o que ela seria capaz de fazer se não visse meu nome figurar entre os candidatos aprovados, no jornal oficial de Guiné. Soube por minhas tias que ela também tinha feito uma visita aos marabutos, e creio que isso foi o que mais me tocou.

Finalmente chegou o exame! Durou três dias; três dias de angústia. Mas é de crer que os marabutos me deram uma boa ajuda: fui aprovado em primeiro lugar entre os sete candidatos que passaram.

11

Toda vez que eu voltava para passar férias em Kouroussa, encontrava meu casebre recém-pintado de argila branca e minha mãe louca para me fazer admirar as melhorias que ela fazia de ano em ano.

No início, meu casebre era como todos os outros. Depois, pouco a pouco, foi tomando um jeito que o aproximava da Europa. Digo bem "que o aproximava", e vejo que essa aproximação era distante, mas nem por isso eu era menos sensível a ela, não tanto pelo maior conforto que ali encontrava quanto pela prova instantânea, imediatamente tangível, do imenso amor que minha mãe tinha por mim. Sim, eu passava em Conacri a maior parte do ano, mas ainda assim continuava a ser o seu preferido: eu via, porém nem precisava ver, pois eu sabia! Ainda assim, eu via.

— E então, o que acha? — perguntava minha mãe.

— Está magnífico! — eu respondia.

E a abraçava com força; era tudo o que minha mãe pedia. Mas de fato estava magnífico, e eu não tinha dúvida de sua engenhosidade, do trabalho que tivera para inventar — usando os materiais mais simples — essas modestas equivalências das habilidades mecânicas da Europa.

A peça principal, a que primeiro atraía o olhar, era o sofá-
-cama. A princípio, a cama, assim como o casebre, era parecida
com todas as outras da Alta Guiné: uma cama de alvenaria,
feita de tijolos secos. Depois os tijolos do meio desapareceram,
restando apenas dois suportes, um na cabeceira e outro no pé,
e um conjunto de tábuas substituíam os tijolos retirados. Sobre esse estrado improvisado, mas que tinha sua flexibilidade,
minha mãe afinal colocou um colchão estofado de palha de
arroz. Assim, tornara-se uma cama confortável e bastante es-
paçosa, onde três, senão quatro pessoas, poderiam se deitar.

Mas por maior que fosse, meu sofá-cama mal dava para
acomodar todos os amigos, os inúmeros amigos e também
amigas que, à tardinha ou certas noites, vinham me visitar.
Sendo o sofá o único assento que eu podia oferecer, cada um
pegava o seu lugar, e os últimos que chegavam se metiam nos
cantinhos que sobravam. Já não lembro como, assim amonto-
ados, dávamos um jeito de arranhar o violão, nem como nossas
amigas conseguiam encher o pulmão para cantar, mas o fato é
que tocávamos violão e cantávamos, e que podiam nos escutar
de longe.

Não sei se minha mãe apreciava muito essas reuniões;
tendo a achar que ela não gostava, porém as tolerava, imagi-
nando que, por esse preço, pelo menos eu não saía da concessão
para correr Deus sabe onde. Meu pai achava nossas reuniões
muito naturais. Como não nos víamos muito durante o dia,
pois eu me ocupava fazendo visitas a um ou outro, quando
não estava longe em excursão, ele vinha bater à minha porta.
Eu gritava: "Entre!", e ele entrava, dava boa-noite a todos e
me perguntava como eu tinha passado o dia. Dizia mais umas
palavrinhas e se retirava. Compreendia que se sua presença era
agradável para nós — e era de fato —, ao mesmo tempo inti-
midava uma turma tão jovem, tão turbulenta como a nossa.

Com minha mãe era bem diferente. Seu casebre era junto do meu e as portas davam uma para a outra; bastava um

passo e ela estava no meu; e ela dava esse passo sem chamar a atenção, e não batia à porta para entrar! De repente estava diante de nós, sem que sequer ouvíssemos a porta ranger, examinando cada um antes de cumprimentar alguém.

Oh! Não eram os rostos de meus amigos que prendiam seu olhar: os amigos eram problema meu, não tinham importância. Não, minha mãe olhava com atenção apenas as minhas amigas, e logo detectava os rostos que não lhe agradavam! Confesso que, de vez em quando, havia no grupo moças com maneiras mais livres, com a reputação meio arranhada. Mas eu poderia mandá-las embora? E mais, eu desejaria fazer isso? Se eram um pouco mais ousadas que o esperado, também costumavam ser as mais divertidas. Mas minha mãe julgava de outra maneira e ia direto ao ponto:

— Você — dizia —, o que está fazendo aqui? Seu lugar não é perto de meu filho. Vá para sua casa! Se a vir de novo, vou dar uma palavrinha à sua mãe. Você está avisada!

E, então, se a moça não saísse rápido o bastante para seu gosto — ou se não conseguisse se desvencilhar rápido do amontoado do sofá —, minha mãe a levantava pelo braço e lhe abria a porta.

— Vá! — dizia. — Vá! Volte para casa!

E com as mãos fazia o gesto de enxotar uma galinha audaciosa demais. Só depois dava bom-dia a cada um.

Eu não gostava muito disso; aliás, não gostava nem um pouco: o boato dessas hostilidades se espalhava; e quando eu convidava uma amiga para me visitar, volta e meia recebia como resposta:

— E se sua mãe me vir?

— Bem, ela não vai te comer!

— Não, mas vai começar a gritar e me pôr para fora!

E eu ficava ali, diante da moça, a me perguntar: "Será mesmo que minha mãe a poria no olho da rua? Há motivos para que realmente a ponha no olho da rua?". E nem sempre eu sabia: vivia em Conacri a maior parte do ano e não conhecia os detalhes do que se falava em Kouroussa. Mas eu não podia dizer à moça: "Você teve aventuras que deram o que falar? E se teve, acha que minha mãe ficou sabendo?". E me irritava.

Com a idade, fui ficando com o sangue mais quente, e já não tinha apenas amizades tímidas — ou amores tímidos —; não tinha apenas Marie ou Fanta, embora primeiro tivesse Marie e Fanta. Mas Marie estava de férias em Beyla, com o pai; e Fanta era minha amiga titular: eu a respeitava; e mesmo que quisesse algo mais, e eu não queria, o costume me teria obrigado a respeitá-la. O resto... O resto era sem futuro, mas esse resto existia. Será que minha mãe não podia compreender que meu sangue estava mais quente?

Mas ela compreendia, e muito bem! Era comum se levantar em plena noite para verificar se eu estava sozinho. Em geral fazia sua ronda por volta de meia-noite; riscava um fósforo e iluminava meu sofá-cama. Quando acontecia de eu ainda estar acordado, fingia dormir; depois, como se o clarão do fósforo me incomodasse, eu simulava uma espécie de despertar sobressaltado.

— O que está acontecendo? — eu dizia.

— Está dormindo? — minha mãe perguntava.

— Sim, estava dormindo. Por que me acordou?

— Bem! Durma de novo!

— Mas como quer que eu durma se você acaba de me acordar?

— Não se irrite — ela me dizia; — durma!

Ser vigiado de tão perto não me agradava muito e eu me queixava a Kouyaté e Check Omar, que então eram meus confidentes.

— Já não sou um rapaz grande o suficiente? — dizia. — Consideraram-me grande o bastante para me darem um casebre pessoal, mas como pode ser pessoal um casebre em que não se pode entrar livremente de dia e de noite?

— É sinal de que sua mãe gosta muito de você — eles diziam. —Você não vai se queixar porque sua mãe gosta muito de você, não é?

— Não — eu dizia.

Mas pensava que essa afeição poderia ser menos exclusiva e menos tirânica, e via muito bem que Check e Kouyaté tinham mais liberdade do que eu.

— Não pense tanto — dizia Kouyaté. — Pegue seu violão!

Ia pegar meu violão — Kouyaté me ensinara a tocar — e, à noite, em vez de ficar no casebre, íamos passear pelas ruas da cidade, Kouyaté e eu arranhando o violão, Check, o banjo, e os três cantando. As moças, em geral já deitadas na hora em que passávamos por suas concessões, acordavam e ficavam ouvindo. As que eram nossas amigas reconheciam nossas vozes e se levantavam, se vestiam prontamente e vinham correndo a nosso encontro. Começávamos em três, mas logo éramos seis ou dez, às vezes quinze, a despertar os ecos das ruas adormecidas.

Kouyaté e Check tinham sido meus colegas na escola primária de Kouroussa. Ambos tinham espírito perspicaz e eram curiosamente dotados para a matemática. Ainda me lembro quando nosso mestre mal acabava de nos ditar um problema e os dois logo se levantavam para entregar o dever. Essa surpreendente rapidez deixava a todos nós maravilhados, e também nos desanimava um pouco, talvez eu em especial, embora eu fosse à forra no francês. Desde esse tempo, porém — ou por causa dessa disputa —, nos tornamos amigos, mas era uma amizade como podem conceber os estudantes muito jovens: nem sempre muito estável e sem muito futuro.

Nossa grande amizade só começou de verdade na época em que fui para Conacri, e Kouyaté e Check deram continuidade a seus estudos, um na Escola Normal de Popodra, outro na Escola Normal de Dacar. Tínhamos então trocado diversas e longas cartas, em que descrevíamos nossa vida de colegial e comparávamos as matérias que nos ensinavam. Depois, na época das férias, nos reencontramos em Kouroussa e muito depressa nos tornamos inseparáveis.

De início, nossos pais não viram essa amizade com muitos bons olhos: ou desaparecíamos dias inteiros, esquecendo a hora das refeições e as próprias refeições, ou então não saíamos da concessão, e na hora da refeição surgiam dois convidados que não eram esperados. Havia aí, é verdade, certa sem-cerimônia. Mas esse descontentamento durou pouco: logo nossos pais perceberam que, se desaparecíamos dois dias em três, os convidados só apareciam a cada três dias; e compreenderam o rodízio muito justo e equilibrado que havíamos estabelecido sem consultá-los.

— E você não poderia me falar? — minha mãe dizia. — Não poderia me avisar para que eu tivesse um cuidado especial com a cozinha nesse dia?

— Não — eu respondia. — Nosso desejo era justamente que não se fizessem despesas especialmente para nós: queríamos comer o prato do dia a dia.

Nas grandes férias do final do terceiro ano escolar de Kouyaté e de Check — e do meu segundo ano, já que perdera um ano no hospital —, encontrei meus dois amigos, que tinham conquistado seus diplomas de professor primário e esperavam a nomeação para um posto. Apesar de o sucesso deles não me surpreender, pois correspondia ao que eu poderia esperar deles, ainda assim me deu enorme prazer, e felicitei-os calorosamente. Quando lhes perguntei como iam de saúde, Check me disse que estava cansado.

— Estudei muito — disse — e agora sinto os efeitos: estou esgotado.

Mas estaria só esgotado? Seu aspecto não era bom, estava abatido. Poucos dias depois, aproveitei um momento em que estava sozinho com Kouyaté e lhe perguntei se ele acreditava num simples esgotamento.

— Não — me disse Kouyaté —, Check está doente. Está sem apetite e emagrecendo, e apesar disso sua barriga está inchada.

— Não deveríamos adverti-lo?

— Não sei — disse Kouyaté. — Acho que ele mesmo já notou.

— E não faz nada para se tratar?

— Acho que não. Ele não está sofrendo e certamente pensa que vai passar.

— E se isso se agravar?

Não sabíamos como fazer; não queríamos deixar Check preocupado, e no entanto, sentíamos que devíamos fazer alguma coisa.

—Vou falar com minha mãe — eu disse.

Mas quando falei, ela me parou na primeira frase:

— Check Omar está doente de verdade — disse. — Faz vários dias que o observo. Acho que devo avisar a mãe dele.

— Sim, vá, pois ele não faz nada para se tratar — eu disse.

A mãe de Check fez o que sempre se fez nessa situação: consultou curandeiros. Receitaram massagens e chás. Mas esses remédios não funcionaram: o ventre continuou a inchar e a pele continuava acinzentada. Check não se alarmava:

— Não sinto nada — dizia. — Não tenho muito apetite, mas não sinto nenhuma dor. Isso vai embora provavelmente como veio.

Não sei se Check tinha muita confiança nos curandeiros; tendo a achar que não: já havíamos passado muitos anos na escola para ainda ter grande confiança neles. No entanto, nem todos os curandeiros são meros charlatães: muitos conhecem segredos e curam realmente; isso Check com certeza não ignorava. Mas deve ter percebido que dessa vez seus remédios não agiam e por isso disse: "Isso vai embora provavelmente como veio", contando mais com o tempo do que com os chás e as massagens. Suas palavras nos tranquilizaram por alguns dias; depois, de repente, Check começou a sofrer de verdade: agora tinha crises e chorava de dor.

— Escute! — disse-lhe Kouyaté. — Os curandeiros não lhe deram nenhuma ajuda; venha conosco ao ambulatório!

Fomos. O médico examinou Check e o hospitalizou. Não disse de que doença ele sofria, mas agora sabíamos que era uma doença séria, e Check também sabia. Será que o médico branco teria sucesso onde nossos curandeiros tinham fracassado? Nem sempre a doença se deixa vencer; e estávamos cheios de angústia. Nós nos revezávamos à cabeceira de Check, olhávamos nosso pobre amigo se contorcer na cama; seu ventre, inchado e duro, estava frio como uma coisa morta. Quando as crises aumentavam, corríamos aflitos para o médico: "Venha, doutor!... Venha depressa!...". Mas nenhum remédio agia; e nós apenas podíamos pegar as mãos de Check e apertá-las, apertá-las com força, para que ele se sentisse menos solitário diante de seu mal, e dizer: "Vamos, Check!... Vamos! Tenha coragem! Vai passar...".

Ficamos à cabeceira de Check a semana toda, sua mãe, seus irmãos, minha mãe e a de Kouyaté. Depois, no fim de semana, Check parou de sofrer de repente, e dissemos aos outros que fossem descansar: agora Check dormia calmamente e não devíamos correr o risco de acordá-lo. Nós o obervávamos dormir, e uma grande esperança nasceu em nós: seu rosto estava tão magro que se via toda a ossatura se delinear, mas suas feições não estavam mais crispadas e seus lábios pareciam sorrir. Depois, pouco a pouco, a dor voltou, os lábios pararam de sorrir e Check acordou. Começou a nos ditar seus últimos desejos, disse como devíamos dividir seus livros e a quem devíamos dar seu banjo. Agora suas palavras iam se apagando e nem sempre compreendíamos o final de cada uma. Depois ainda nos disse adeus. Quando se calou, era quase meia-noite. Então, quando o relógio do ambulatório completou as doze badaladas, ele morreu...

Tenho a impressão de reviver esses dias e noites, e creio não ter conhecido outros mais miseráveis. Eu vagava de um lado para o outro, vagávamos, Kouyaté e eu, meio ausentes, com o espírito totalmente ocupado por Check. Tantos e tantos dias felizes... e depois, tudo se acabou! "Check!...", eu pensava, nós pensávamos, e precisávamos nos segurar para não gritar alto seu nome. Mas sua sombra, sua sombra apenas nos acompanhava... Só conseguimos vê-lo de um modo mais preciso — e não devíamos vê-lo também com demasiada precisão — no meio de sua concessão, deitado em uma maca, sob sua mortalha, pronto para ser levado para baixo da terra; ou foi na própria terra, no fundo da cova, esticado e com a cabeça um pouco elevada, esperando que se colocasse a tampa de tábuas, depois as folhas, o grande amontoado de folhas, e por vim a terra, a terra tão pesada...

"Check!... Check!..." Mas eu não devia chamá-lo em voz alta: não se deve chamar os mortos em voz alta! Depois, à noite, era como se eu o tivesse chamado em voz alta: subitamente ele estava na minha frente! E eu acordava, com o corpo encharcado de suor; ficava com medo, Kouyaté ficava com medo, pois se gostávamos da sombra de Check, se sua sombra era tudo o que nos restava, nós a temíamos tanto quanto a apreciávamos, e não ousávamos mais dormir sozinhos, não ousávamos mais enfrentar sozinhos nossos sonhos...

Quando penso hoje nesses dias distantes, já não sei muito bem o que me assustava tanto; provavelmente é porque não vejo mais a morte como via na época: vejo-a mais simplesmente. Rememoro esses dias e penso que Check nos precedeu no caminho de Deus, e que todos pegaremos um dia esse caminho que não é mais assustador que o outro, que sem dúvida é menos assustador que o outro... O outro? O outro, sim: o caminho da vida, o que trilhamos ao nascer e que é sempre o caminho momentâneo de nosso exílio...

12

O ano em que voltei para Kouroussa, com meu certificado de aptidão profissional no bolso, e, confesso, meio vaidoso com meu triunfo, fui evidentemente recebido de braços abertos; a bem da verdade, recebido como eu era a cada final de ano letivo: com a mesma emoção, a mesma afeição calorosa; se naquele ano havia ainda um orgulho ausente nos anos anteriores, e se no trajeto da estação até a nossa concessão os sinais da acolhida tinham sido mais entusiastas, era porém o mesmo amor, a mesma amizade que tudo ditava. Mas enquanto meus pais me apertavam contra o peito, enquanto minha mãe se alegrava talvez mais com minha volta do que com o diploma conquistado, eu não sentia a consciência muito tranquila, principalmente diante dela.

É que antes de partir para Conacri o diretor da escola tinha me chamado e perguntado se eu queria ir para a França para concluir meus estudos. Na mesma hora eu disse que sim — todo contente, tinha respondido sim! —, mas respondera sem consultar meus pais, sem consultar minha mãe. Meus tios, em Conacri, me disseram que era uma oportunidade única e que eu não mereceria respirar se não a tivesse aceitado logo.

Mas o que iriam dizer meus pais, e minha mãe especificamente? Não me sentia nem um pouco seguro. Esperei que nossas efusões diminuíssem um pouco e depois exclamei — exclamei como se a notícia devesse deixar a todos radiantes:

— E tem mais: o diretor se propõe a me enviar para a França!

— Para a França? — disse minha mãe.

E vi seu rosto se fechar.

— Sim. Eu receberei uma bolsa; não haverá nenhuma despesa para vocês.

— Não se trata de despesas! — disse minha mãe. — Como? Você vai nos deixar de novo?

— Mas não sei — eu disse.

E vi claramente — e já desconfiava — que tinha me precipitado muito, me precipitado imprudentemente ao responder "sim" ao diretor.

—Você não partirá! — disse minha mãe.

— Não — eu disse. — Mas não seria por mais de um ano.

— Um ano? — disse meu pai. — Realmente, um ano não é muito.

— Como? — disse minha mãe prontamente. — Um ano não é muito? Faz quatro anos que nosso filho está longe de nós, a não ser nas férias, e você acha que um ano não é muito?

— Bem… — começou meu pai.

— Não! Não! — disse minha mãe. — Nosso filho não partirá! Que não se fale mais nisso!

— Bem — disse meu pai —, não falemos mais nisso. Pois hoje é o dia da volta dele e de seu triunfo: alegremo-nos! Falaremos de tudo isso mais tarde.

Não dissemos mais nada, pois as pessoas começavam a chegar à concessão, loucas para me saudar.

Tarde na noite, quando todos estavam deitados, encontrei meu pai no alpendre de seu casebre: o diretor tinha me dito que precisava, antes de qualquer providência, do consentimento oficial de meu pai e que esse consentimento deveria chegar o quanto antes.

— Pai — eu disse —, quando o diretor me propôs ir para a França, eu disse sim.

— Ah! Você já aceitou?

— Respondi sim espontaneamente. Na hora, não refleti no que minha mãe e você pensariam.

— Então tem vontade de ir para lá? — ele disse.

— Tenho — respondi. — Tio Mamadou me disse que é uma oportunidade única.

— Você poderia ir para Dacar; seu tio Mamadou foi para Dacar.

— Não seria a mesma coisa.

— Não, não seria a mesma coisa... Mas como anunciar isso à sua mãe?

— Então você aceita que eu vá? — exclamei.

— Sim... sim, aceito. Por você, eu aceito. Mas me entenda: é por você, pelo seu bem!

E parou um momento.

— Sabe — recomeçou —, já pensei muito nessa questão. Pensei na calma da noite e no barulho da bigorna. Eu sabia muito bem que um dia você nos deixaria: no dia em que você pôs pela primeira vez o pé na escola, eu sabia. Eu o vi estudar com tanto prazer, tanta paixão... Sim, desde esse dia eu sabia; e pouco a pouco, me resignei.

— Pai! — eu disse.

— Cada um segue seu destino, meu filho; os homens não podem mudar isso. Seus tios também estudaram. Eu — já lhe disse, se você se lembra, quando partiu para Conacri —, eu não tive a sorte deles e menos ainda a sua... Mas agora que essa sorte está diante de você, quero que a agarre; você soube agarrar a anterior, agarre essa também, agarre-a firme! Ainda há tanta coisa a fazer em nosso país... Sim, quero você que vá para a França; quero isso hoje tanto quanto você: em breve precisaremos de homens como você por aqui... Que você nos deixe por um tempo que não seja longo demais!...

Ficamos um tempão no alpendre, sem dizer uma palavra, olhando a noite; e depois, de repente, meu pai disse com voz alquebrada:

—Você promete que um dia voltará?

—Voltarei! — eu disse.

— Esses países distantes... — ele disse devagar.

Deixou a frase inacabada; continuava a olhar a noite. No clarão da lâmpada protegida contra o vento, eu o via olhar para um ponto na noite, ele franzia as sobrancelhas como se estivesse descontente ou inquieto com o que descobria.

— O que está olhando? — perguntei.

— Nunca engane ninguém — ele disse —, seja correto no seu pensamento e nos seus atos, e Deus ficará com você.

Depois, com um gesto que parecia de desânimo, parou de olhar a noite.

No dia seguinte, escrevi ao diretor que meu pai aceitava. E mantive a história em segredo, confiando-a apenas a Kouyaté. Eu tinha recebido um passe de livre e podia pegar o trem quando quisesse. Visitei as cidades próximas; fui a Kankan, que é nossa cidade santa. Quando voltei, meu pai me mostrou a carta que o diretor do colégio técnico lhe mandara. O diretor confirmava minha partida e designava a escola da França na qual eu ingressaria; a escola ficava em Argenteuil.

— Sabe onde fica Argenteuil? — disse meu pai.

— Não — respondi —, mas vou ver.

Fui pegar meu dicionário e vi que Argenteuil ficava apenas a alguns quilômetros de Paris.

— Fica perto de Paris — eu disse.

E comecei a sonhar com Paris: fazia tantos anos que eu ouvia falar de Paris! Então meu pensamento se voltou abruptamente para minha mãe.

— Minha mãe já sabe? — perguntei.

— Não — ele disse. — Iremos comunicar-lhe juntos.

—Você não gostaria de lhe dizer sozinho?

— Sozinho? Não, filho. Nós dois não seremos demais. Pode crer em mim.

E fomos encontrar minha mãe. Ela triturava o milho para o jantar. Meu pai ficou um bom tempo olhando o pilão cair no morteiro: ele não sabia muito bem por onde começar; sabia que a decisão que trazia faria minha mãe sofrer, e ele mesmo estava com o coração apertado; ficou ali olhando o pilão, sem dizer nada; e eu não me atrevia a levantar os olhos. Mas minha mãe não demorou a pressentir a notícia: bastou olhar para nós e compreendeu tudo, ou quase tudo.

— O que querem comigo? — disse. — Não estão vendo que estou ocupada?

E acelerou a cadência do pilão.

— Não vá tão depressa. Você se cansa.

—Você quer me ensinar a triturar o milho? — ela disse.

E depois, de repente, recomeçou com força:

— Se é sobre a partida do menino para a França, é inútil me falar, é não!

— Justamente — disse meu pai. —Você fala sem saber: não sabe o que uma viagem dessas representa para ele.

— Não tenho vontade de saber! — ela disse.

E de repente largou o pilão e deu um passo em nossa direção.

— Então nunca vamos ter paz? — disse. — Ontem era uma escola em Conacri; hoje é uma escola na França; amanhã... O que será amanhã? Cada dia é um capricho novo para me privar de meu filho!... Já se esqueceu de como o garoto ficou doente em Conacri? Mas para você isso não basta: agora é preciso mandá-lo para a França! Você está louco? Ou quer que eu enlouqueça? Seguramente acabarei ficando louca!... E você — disse dirigindo-se a mim —, você não passa de um ingrato! Todas as desculpas são boas para fugir de sua mãe! Só que desta vez isso não vai ser como você imagina: você vai ficar aqui! Seu lugar é aqui!... Mas o que eles estão pensando na sua escola? Será que imaginam que vou viver a vida toda longe de meu filho? Morrer longe de meu filho? Então essa gente não tem mãe? Naturalmente não tem; eles não teriam partido para tão longe de casa se tivessem mãe!

Virou os olhos para o céu, dirigiu-se ao céu:

— Já tantos anos, tantos anos que o tiraram de mim! — disse. — E agora querem levá-lo para a terra deles!...

E depois baixou os olhos, e novamente olhou para meu pai:

— Quem permitiria isso? Então você não tem coração?

— Mulher! Mulher! — disse meu pai. — Não sabe que é para o bem dele?

— Para o bem dele? O bem dele é ficar perto de mim! Ele já não está bastante sabido assim?

— Mãe... — comecei.

Mas ela me interrompeu violentamente.

—Você, cale-se! Você não passa de um pirralho de nada! O que quer ir fazer tão longe? Sabe ao menos como se vive lá? Não... não sabe nada. E, me diga, quem cuidará de você? Quem consertará as suas roupas? Quem preparará as suas refeições?

— Ora essa — disse meu pai —, seja razoável: os brancos não morrem de fome!

— Então você não vê, pobre insensato, ainda não percebeu que eles não comem como nós? Esse menino cairá doente; é isso que acontecerá! E então, o que farei? O que será de mim? Ah! Eu tinha um filho e agora não tenho mais!

Aproximei-me dela, apertei-a contra mim.

— Afaste-se! — ela gritou. —Você não é mais meu filho.

Mas não me rejeitava: chorava e me apertava estreitamente contra si.

—Você não vai me abandonar, não é? Diga que não vai me abandonar?

Mas ela já sabia que eu partiria e que não poderia me impedir, que nada poderia me impedir; certamente entendera isso no momento em que fomos até ela: sim, deve ter visto uma engrenagem que levava da escola de Kouroussa a Conacri e terminava na França; e enquanto falava e resistia, devia estar vendo a engrenagem girar: primeiro, essa e aquela roda, e depois esta terceira, e depois outras rodas, muitas outras que talvez ninguém podia ver. E o que poderia ser feito para impedir essa engrenagem de girar? Só era possível observá-la girar, observar o destino girar: meu destino era partir! E ela dirigiu sua raiva — que era apenas resto de raiva — contra os que, em seu espírito, me arrancavam dela mais uma vez:

— São pessoas que nunca se satisfazem com coisa nenhuma — disse. — Querem tudo! Não podem ver uma coisa sem a querer.

—Você não deve amaldiçoá-las — eu disse.

— Não — ela disse amarga —, não as amaldiçoarei.

E por fim esgotou-se sua raiva; virou a cabeça contra meu ombro e soluçou ruidosamente. Meu pai se retirara. Eu apertava minha mãe contra mim, enxugava suas lágrimas, dizia… o que eu dizia? Tudo e qualquer coisa, mas não tinha importância: não creio que minha mãe compreendesse alguma coisa do que eu dizia; só o som de minha voz lhe chegava, e bastava: pouco a pouco seus soluços se acalmavam, diminuíam…

Foi assim que se decidiu minha viagem, foi assim que um dia peguei o avião para a França. Ah, foi um sofrimento terrível! Não gosto de lembrar. Ainda ouço minha mãe se lamentar, vejo meu pai sem conseguir conter as lágrimas, vejo minhas irmãs, meus irmãos… Não, não gosto de lembrar o que foi essa partida: foi como se eu tivesse sido arrancado de mim mesmo!

Em Conacri, o diretor da escola me avisou que o avião me deixaria em Orly.

— De Orly — ele disse — vão levá-lo a Paris, à estação Invalides; lá você pegará o metrô até Saint-Lazare, onde encontrará o trem para Argenteuil.

Abriu na minha frente um mapa do metrô e me mostrou o caminho que eu iria percorrer debaixo da terra. Mas eu não entendia nada daquele mapa, e a própria ideia de metrô continuava a me parecer obscura.

— Entendeu bem? — perguntou-me o diretor.

— Sim — disse.

E continuava sem entender.

— Leve o mapa com você.

Enfiei-o no bolso. O diretor me observou por um momento.

—Você não está vestindo nada de pesado — ele disse.

Eu usava calças de algodão branco e uma camisa de gola aberta, que deixava os braços de fora; nos pés usava sapatos abertos e meias brancas.

— Lá você terá que se vestir com roupas mais quentes: nesta época os dias já são frios.

Parti para o aeroporto com Marie e meus tios; Marie, que me acompanharia até Dacar, onde iria prosseguir seus estudos. Marie! Subi com ela no avião e chorava, todos chorávamos. Depois a hélice começou a girar, ao longe meus tios acenaram uma última vez, e a terra de Guiné começou a fugir, a fugir...

— Está contente de partir? — perguntou-me Marie quando o avião já estava chegando a Dacar.

— Não sei — disse. — Não creio.

E quando o avião pousou em Dacar, Marie me disse:

—Você voltará?

Ela estava com o rosto banhado de lágrimas.

— Sim — eu disse —, sim...

E ainda fiz que sim com a cabeça, quando me afundei de novo na poltrona, bem no fundo da poltrona, porque não queria que vissem minhas lágrimas. "Com certeza, eu voltaria!" Fiquei muito tempo sem me mexer, de braços cruzados, fortemente cruzados para melhor apertar meu peito...

Mais tarde, senti um volume sob minha mão: o mapa do metrô dentro de meu bolso.

1ª edição [2013] 4 reimpressões

ESTA OBRA FOI COMPOSTA EM BEMBO PELO ACQUA ESTÚDIO E FOI IMPRESSA PELA GRÁFICA BARTIRA EM OFSETE SOBRE PAPEL PÓLEN SOFT DA SUZANO S.A. PARA A EDITORA SCHWARCZ EM MARÇO DE 2024.

A marca FSC® é a garantia de que a madeira utilizada na fabricação do papel deste livro provém de florestas que foram gerenciadas de maneira ambientalmente correta, socialmente justa e economicamente viável, além de outras fontes de origem controlada.